हिन्द पॉकेट बुक्स

# पुराणों की प्रेरक कहानियां

पुराण, हिंदुओं के धर्मसंबंधी प्रसिद्ध ग्रंथ हैं, जिनमें सृष्टि, लय, प्राचीन ऋषियों, मुनियों और राजाओं के वृत्तात आदि हैं। भारतीय जीवन-धारा में जिन ग्रन्थों का महत्वपूर्ण स्थान है, उनमें पुराण भक्ति-ग्रंथों के रूप में बहुत महत्वपूर्ण माने जाते हैं। अठारह पुराणों में अलग-अलग देवी-देवताओं को केन्द्र मानकर पाप और पुण्य, धर्म और अधर्म, कर्म और अकर्म की गाथाएँ कही गई हैं। पुराणों की ये कहानियाँ रोचक होने के साथ-साथ अत्यंत शिक्षाप्रद भी हैं। इन कहानियों को छोटों और किशोरों के लिए सजाया संवारा गया है, ताकि इन्हें पढ़कर उनमें प्राचीन महापुरुषों जैसा बनने, ऊँचा उठने और दुनिया में बड़ा नाम कमाने की प्रेरणा जगा सकें।

पुराणों के आदर्श चरित्रों की ये प्रेरक कहानियाँ बहुत ही आसान भाषा में हैं और इन्हें रोचक ढंग से लिखा गया है, ताकि इन्हें याद करने में भी आसानी होगी। इसके साथ ही इसमें आकर्षक चित्र भी दिए गए हैं और साथ ही आपकी परीक्षा के लिए प्रश्नोत्तरी, हल कीजिए और अपने ज्ञान की परीक्षा आप स्वयं कीजिए।

## लेखक की अन्य पुस्तकें

- हमारे राष्ट्रीय खेल
- हमारा राष्ट्रीय पुष्प कमल
- हमारा राष्ट्रीय पक्षी मोर
- हमारा राष्ट्रीय गीत
- हमारी राष्ट्रीय संस्कृति वैदिक
- हमारा राष्ट्रीय फल आम
- हमारा राष्ट्रीय चिह्न अशोक चक्र
- हमारा राष्ट्रीय वृक्ष बरगद
- हमारी राष्ट्रीय जलचर डॉल्फिन
- हमारी राष्ट्रीय नदी गंगा
- हमारा राष्ट्रीय ग्रंथ गीता
- हमारे राष्ट्रीय पर्व और दिवस
- हमारे राष्ट्रीय स्मारक
- हमारा राष्ट्रीय ध्वज तिरंगा
- हमारे राष्ट्रीय विरासत स्थल
- हमारी राजभाषा हिन्दी
- हमारे नेशनल पार्क
- लोकप्रिय बाल गीत
- हमारे देशभक्ति गीत
- हमारे राष्ट्रीय गीत
- शहीदों के अमर गीत
- महाभारत की कहानियाँ
- रामायण की कहानियाँ
- बेताल पचीसी, दो भागों में
- महापुरुषों का बचपन
- महाराणा प्रताप
- बहादुर बेटी मलाला

सुरुचिपूर्ण एवं प्रेरणादायक सचित्र जीवनी

# पुराणों की प्रेरक कहानियां

तेजपाल सिंह धामा

हिन्द पॉकेट बुक्स
पेंगुइन रैंडम हाउस इम्प्रिंट

**हिन्द पॉकेट बुक्स**

यूएसए | कनाडा | यूके | आयरलैंड | ऑस्ट्रेलिया | सिंगापुर
न्यू ज़ीलैंड | भारत | दक्षिण अफ्रीका | चीन

हिन्द पॉकेट बुक्स, पेंगुइन रैंडम हाउस ग्रुप ऑफ़ कम्पनीज़ का हिस्सा है,
जिसका पता global.penguinrandomhouse.com पर मिलेगा

पेंगुइन रैंडम हाउस इंडिया प्रा. लि.,
चौथी मंजिल, कैपिटल टावर -1, एम जी रोड,
गुड़गांव-122002, हरियाणा, भारत

पेंगुइन
रैंडम हाउस
इंडिया

प्रथम हिन्दी संस्करण हिन्द पॉकेट बुक्स द्वारा 2014 में प्रकाशित
यह हिन्दी संस्करण हिन्द पॉकेट बुक्स में पेंगुइन रैंडम हाउस द्वारा 2022 में प्रकाशित



10 9 8 7 6 5 4 3 2

इस पुस्तक में व्यक्त विचार लेखक के अपने हैं, जिनका यथासंभव तथ्यात्मक सत्यापन किया गया है, और इस संबंध में प्रकाशक एवं सहयोगी प्रकाशक किसी भी रूप में उत्तरदायी नहीं हैं।

ISBN 9789353491321
मुद्रकः रेप्रो इंडिया लिमिटेड



www.penguin.co.in

FSC www.fsc.org MIX Paper from responsible sources FSC® C047271

This is a legitimate digitally printed version of the book and therefore might not have certain extra finishing on the cover.

# क्रम

# रत्नाकर और सप्त ऋषि

आम के पेड़ों पर पके फल लटक रहे थे। जामुन के पेड़ों पर भी पकी हुई काली-काली जामुने लटक रहीं थीं, जो हवा के झोंकों के साथ बहुत सी नीचे गिर पड़ती थी। जब-जब जामुन नीचे गिरती थी, तो पट-पट की आवाज होती थी। लेकिन पक्षियों के अलावा उन्हें खाने वाला कोई इंसान तो था नहीं, क्योंकि ये फलों के पेड़ किसी बगीचे में नहीं बल्कि भयंकर वन में उगे हुए थे। उस भयंकर वन में जहां दिन में भी डर लगता था। फलदार पेड़ों के साथ-साथ वन में अन्य विविध प्रकार के पेड़ भी थे। इमली के पेड़ भी वहाँ पर असंख्य थे। कांटेदार झाड़ियों ने भी अपना साम्राज्य फैला रखा था।

एक खास बात थी उस वन में और वह थी कि गोरैया नामक चिड़िया के बहुत से घोंसले उन पेड़ों पर लटक रहे थे। गोरैया के घोंसले कई तहों में बने होते हैं। कहने को तो वे घोंसले थे, लेकिन उन छोटे-छोटे पक्षियों ने उनको दूब नामक घास की सूखी पत्तियों से इस तरह निर्मित किया हुआ था कि कुशल से कुशल हस्तशिल्पी भी ऐसे घोंसलों का निर्माण नहीं कर सकता। लगभग सभी घोंसलों में अंडे रखने के लिए अलग से खाने बनाये गये थे और पक्षियों ने अपने आराम के लिए अलग से कक्ष निर्मित किये थे। घोंसलों के नीचे के हिस्से में बैठने के लिए भी घास से दो-दो अंगुल लंबी रस्सी सी लटकी हुई थी, जिन पर बैठी बहुत-सी चिड़िया एक साथ ऐं..इ..ऐं..इ..की आवाज करके मधुर वन्य गीत गा रही थी। छायादार पेड़ों के नीचे बैठे हिरण गोरैयाओं के गीत का आनंद ले रहे थे। बहुत ही मनमोहक दृश्य उपस्थित हो रहा था। वन के बीच में एक पग डण्डी-सी बनी हुई थी, जो इस बात की द्योतक थी कि उससे होकर राहगीर आते-जाते हैं। एक दिन दोपहर बाद हिरण उठ खड़े

हुए और पगडण्डी को छोड़कर एक तरफ भागने लगे, पगडण्डी के आसपास घोंसलों से निकल गोरैया भी तेज ध्वनि से चिल्लाने लगी, क्योंकि पगडण्डी पर आगे बढ़ते हुए सप्तऋषि आ रहे थे। सप्तऋषियों के मुख से ओम...शांति... ओम... की वाणी निरंतर निकलकर पक्षियों की चहचाहट को और भी संगीतमय बनाती हुई चली जा रही थी।

लेकिन अचानक!

''ठहरो!'' एक झाड़ी में से आवाज आयी।

उस कड़क आवाज के साथ चिड़ियाओं की चहचहाहट तो रुक गयी, लेकिन ऋषियों के कदम धीरे अवश्य हुए पर आगे बढ़ते ही रहे। ऋषियों को रुकते न देख फिर आवाज आयी, ''सब के सब बहरे हैं क्या? ठहरो!''

''सारा ब्रह्माण्ड ही परिवर्तनशील है1, फिर भला कोई ठहर कैसे सकता है?'' भयानक जंगल के बीच पगडंडी से गुजरते हुए सप्तऋषियों में से सबसे आगे चल रहे अग्नि ऋषि ने फिर उल्टे प्रश्न किया, ''कौन हो? सामने आओ!''

''लो आ गया सामने!'' कहकर झाड़ियों से एक विशालकाय युवक बाहर निकल आया। उसके हाथ में खंजर था। उसकी भयानक आँखें थी। बदन पर केवल मैली धोती लिपटी हुई थी। उसे देखते ही ऋषिवर समझ गये कि यह कोई डाकू या लुटेरा ही है।

अग्निऋषि ने उससे कहा, ''कहो, बच्चा क्या बात है?''

''जो कुछ तुम्हारे पास है मुझे देकर चलते बनो!'' उस डाकू ने कहा।

''हमारे पास है ही क्या? हमारा तो यह शरीर भी नहीं है। यह भी यहीं छोड़कर चले जायेंगे और एक दिन यह निर्जीव बन मिट्टी में मिल जायेगा।''

''हे ऋषिगण! अपनी दार्शनिकता अपने पास रखो और जहाँ हो वहीं ठहर जाओ, नहीं तो....।'' डाकू ने आँखें दिखाते हुए धमकी दी।

''नहीं तो क्या?'' अग्नि ऋषि ने नम्रता के साथ पूछा।

''तुम सातों ऋषियों के धड़ अभी जमीन पर लुढ़कते नजर आयेंगे!''

और फिर!

सब ऋषि जहाँ थे, वहीं रुक गये।

"लो ठहर गये हम तो, तुम कब ठहरोगे?" अग्नि ऋषि ने कहा।

"तुम कहना क्या चाहते हो?" डाकू ने पूछा।

"इतना भी नहीं समझे!" मुस्कुराकर अग्नि ऋषि ने आगे पूछा, "क्या नाम है तुम्हारा?"

"मेरा नाम रत्नाकर है।" डाकू ने ऐंठ के साथ अपना नाम बता दिया।

"हमारा मार्ग क्यों अवरूद्ध किया?"

"जो कुछ तुम्हारे पास है, मुझे देकर चलते बनो।"

"हमारे पास तो कमण्डल और देह पर लिपटी हुई मृग चर्म के अलावा और कुछ भी नहीं।"

"इनका क्या करूँगा मैं, मुझे कोई साधू थोड़े ही बनना है।"

"आपको कमण्डल और मृग चर्म नहीं चाहिए!"

"नहीं!"

"तो क्या चाहिए?"

"निष्क!"

"निष्क अर्थात् स्वर्ण मुद्राएँ हमने कभी देखी नहीं हैं! कैसी होती हैं स्वर्ण मुद्राएँ?"

"क्या? तुम लोगों ने कभी निष्क देखी ही नहीं, फिर तुम्हारा जीवन कैसे चलता है?"

"हम तो ईश्वर भक्ति में संलग्न में रहते हैं, इसलिए जन्म से लेकर आज तक हमें धन की जरूरत ही नहीं पड़ी।"

"तुम मिथ्या बोल रहे हो। तुम लोगों ने अवश्य ही अपना धन कहीं जंगल में छिपाकर रखा हुआ होगा।"

"हमने कहीं कोई धन छिपाकर नहीं रखा हुआ। हम सत्य बोल रहे हैं। सप्तऋषि कभी मिथ्या वचन का उच्चारण नहीं करते!"

“मैं कैसे विश्वास करूँ?”

“किसी और से पूछ लो कि सप्तऋषियों को धन की जरूरत होती है कि नहीं!”

“ओह! बहुत खूब! मैं किसी से पूछने जाऊँ और तुम अवसर देखकर भाग जाओ, यही चाहते हो ना तुम लोग!”

“नहीं हम यहाँ से नहीं जायेंगे, आप निश्चिंत रहें।”

“मुझे मूर्ख समझते हो।”

“हमने तो आपको मूर्ख नहीं कहा!”

“ठीक है, तुम सातों एक जगह आपस में कमर से कमर मिलाकर खड़े हो जाओ। मैं तुम सातों को रस्सी से एक साथ बांध देता हूँ और फिर किसी से पूछने जाऊंगा कि ऋषियों को धन की जरूरत पड़ती है या नहीं।”

“जैसी तुम्हारी इच्छा।” अग्निऋषि ने कहा और फिर सातों ऋषि पीठ से पीठ भिड़ाकर आपस में खड़े हो गये।

डाकू रत्नाकर झाड़ियों से रस्सियों का गुच्छा उठा लाया और फिर उसने उन्हें उस रस्सी से बांध दिया।

तभी उसी पथ से रत्नाकर को एक और ऋषि आता हुआ दिखायी दिया। वह नारद था। बंधे हुए ऋषियों को देखकर नारद जी सब समझ गये। लेकिन पहले उन्होंने कुछ भी बोलना उचित नहीं समझा। रत्नाकर ने सोचा कि पहले इसे लूटा जाये और बाद में पूछा जाये कि सप्त ऋषियों के पास धन होता है कि नहीं। यही सोचकर रत्नाकर ने नारद जी को भी रोक लिया, लेकिन उसे बड़ी निराशा हुई क्योंकि नारद जी के पास भी कुछ नहीं था।

गुस्से में रत्नाकर डाकू ने नारद से पूछा, “कौन हो तुम? और खाली हाथ घर से क्यों चले हो? कहाँ जा रहे हो?”

“देखो भाई, मेरा नाम नारद है। मैं अक्सर देवलोक से यहाँ आता हूँ। मुझे कभी धन की आवश्यकता नहीं पड़ती, इसलिए अपने पास कभी भी स्वर्ण मुद्राएँ या अन्य प्रकार का धन नहीं रखता।”

"क्या आप देवलोक से आ रहे हैं? आपने देवताओं के दर्शन किये हैं? कैसे होते हैं देवता?"

"हाँ मैंने देवताओं के दर्शन किये हैं! बहुत तेजस्वी हैं देवगण!"

"क्या बहुत सुंदर होते हैं देवता? क्या मैं भी देवताओं के दर्शन कर सकता हूँ।"

"क्षमा करना! तुम देवताओं के दर्शन नहीं कर सकते!"

"क्यों, क्यों नहीं कर सकता मैं देवताओं के दर्शन?"

"तुम ठहरे डाकू और लुटेरे! देवता तुम जैसे आदमियों को दर्शन नहीं देते।"

"ओह! तो क्या मैं बहुत बुरा आदमी हूँ।"

"सो तो तुम हो! क्या तुम जानते नहीं कि चोरी करना या डाका डालना बहुत बुरी बात है? तुम क्यों लोगों को लूटने का काम करते हो?"

"मुझे और कोई काम आता ही नहीं है, इसलिए चोरी या डकैती से ही धन कमाता हूँ। बिना धन के परिवार का पेट कैसे पालूँगा?"

"क्या तुम्हारे माता-पिता और पत्नी तथा बच्चों का पता है कि तुम चोरी और डकैती के धन से उन्हें पाल रहे हो? मुझे विश्वास है कि जिनके लिए तुम यह पाप कर रहे हो, वे लोग तुम्हारे इस पाप में भागीदार नहीं बनना चाहेंगे।"

"क्यों नहीं बनेंगे मेरे पाप में भागीदार? मुझे तो घर के सब लोग जी-जान से चाहते हैं!"

"देखो भाई सुख में सब साथी होते हैं, लेकिन दुःख में तो परछायी भी साथ छोड़ देती है, इसलिए मैं पूरे विश्वास के साथ कहता हूँ कि तुम्हारे पाप में परिवार वाले कदाचित भागीदार नहीं बनेंगे। तुम चाहो तो उनसे पूछकर आ सकते हो!"

रत्नाकर भले ही डाकू था, लेकिन उसके हृदय के किसी कोने में अच्छाई अभी विराजमान थी। नारद मुनि की बात उसके हृदय में बैठ गयी और उसने नारद को भी सातों ऋषियों के साथ बांध दिया और फिर शीघ्रता के साथ घर

की ओर कदम बढ़ा दिये। वहाँ से तीन-चार कोस दूर गाँव में रत्नाकर का घर था। उस युग में अधिकांश धरती वनों से आच्छादित थी, इसलिए वह गांव वनों की सीमा में ही बसा हुआ था। उस गाँव में मुश्किल से ही एक सौ घर होंगे। सभी घर कच्ची मिट्टी की बनी हुई ईंटों से निर्मित किये गये थे। कोई भी घर पक्की ईंटों का नहीं था। सबके घरों की छत घास और फूंस के टाटों से बनायी गयी थी। जितने भी घर थे सभी फूंस के छप्पर और खपरैल की कुटिया ही थे। किसी भी घर की दीवार पर चूना या सफेदी का नामों निशान भी नहीं था, क्योंकि सबके घरों की दीवारें गाय के गोबर से पुती हुई थी। घरों के दालान गाय के गोबर तथा पीली मिट्टी मिलाकर पोते गये थे। सभी के घरों में गेरू की बाट दी हुई थी। बाट की चौड़ाई छह अंगुल से ज्यादा नहीं होगी, लेकिन जमीन से लगाकर दीवार के नीचे के हिस्सों पर ही दी गयी थी, चारों ओर धरातल पर नहीं। घर के मुख्य दरवाजों पर गोबरी के ऊपर गेरू के घोल और खड़िया से सुंदर अल्पना अर्थात मुग्गु बनाये गये थे। रत्नाकर के घर में तीन छप्पर अर्थात कमरे थे। एक पशुओं के लिए, एक उसके व पत्नी के लिए तथा तीसरा उसके माता-पिता के लिए। सबसे पहले रत्नाकर अपने माता-पिता वाले कमरे में गया। उसकी माता गेहूं में मिले हुए खरपत्वार व जौ के दाने साफ कर रही थी। पिता बैठे हुए सन से रस्सी बट रहे थे।

रत्नाकर ने माता-पिता से पूछा, ‘‘हे प्रातःस्मरणीय मात-पिता, मैं आज तक आपका पालन पोषण चोरी और डकैती के धन से करता आया हूं। आप यह नहीं जानते कि आज तक मैंने आप लोगों को सुखी बनाने के लिए न जाने कितने निर्दोष पथिकों को मौत के घाट उतारा है। मैं आपसे पूछना चाहता हूँ कि क्या आप मेरे पाप के भागीदार भी बनेंगे?’

‘‘नालायक दूर हो जा हमारी आँखों के सामने से!’’ पिता ने फिर उसे फटकारते हुए कहा, ‘‘चोरी व हत्या करना पाप है और इस पाप में हम तुम्हारा साथ नहीं दे सकते। इसलिए इसी समय घर त्यागकर चला जा और कहीं डूब मर।’’ इतना कहकर उसके पिता ने रस्सी बटना भी छोड़ दिया। उसकी आँखों

में तो मानों खून उतर आया, क्योंकि उसे आज तक पता ही नहीं था कि उसका बेटा उन्हें पाप की कमायी लाकर देता है। आगे वह कुछ बोलता उससे पहले ही रत्नाकर की माताजी ने दुत्कारते हुए कहा, "तुम अपने कर्मों का फल स्वयं भोगोगे। यदि भगवान ने हमसे पूछा भी कि क्या तुम अपने पुत्र के पाप में भागीदार बनना चाहोगे तो हम तो यही कहेंगे कि हमारा पालन-पोषण करना पुत्र का धर्म था। उसने पाप के धन से हमारा पोषण किया या धर्म के धन से हम नहीं जानते, लेकिन इतना तो निश्चित है कि हम पाप के भागीदार नहीं बन सकते। जो पाप हमने किया ही नहीं, उसके भागीदार भला हम क्यों बनेंगे।"

माता-पिता के वचन सुनकर रत्नाकर के हृदय को आघात लगा और वह जल्दी-जल्दी में उस कमरे से निकलने लगा, तो दहलीज से पैर टकराकर उसे ठोकर लग गयी। उसे गिरते देख पिता के मुख से निकला, "अभी भी समय है संभल जा।"

"लो संभल तो गया!" गिरते हुए रत्नाकर ने अपने आप को संभाल लिया, लेकिन उसके अंगूठे से रक्त की धार बह चली। दहलीज में टकराने से अंगूठे में चोट लग गयी थी।

अंगूठे की बिना मरहम-पट्टी किये वह अपनी पत्नी सतवंती के पास जा पहुँचा। पत्नी अपने कमरे में लगी हाथ की चक्की से गेहूँ पीस रही थी। वह पसीने में तर हो रही थी, लेकिन फिर भी एक हाथ से चक्की में दाने डालती जाती थी, तो दूसरे हाथ से उसके हत्थे को बराबर घुमा रही थी। पति को देखते ही उठ खड़ी हुई, "आज बहुत जल्दी आ गये!" कहकर जैसे ही उसकी नजर रत्नाकर के पैरों की तरफ पड़ी तो फिर वह बोली, "हाय, यह क्या हो गया? कैसे लग गयी चोट?"

"यूँ ही ठोकर लग गयी!"

"ईश्वर ने तुम्हारे बदले मुझे क्यों न दे दिया यह जख्म!"

"अच्छा इतना प्रेम करती हो मुझसे!" रत्नाकर ने पूछा।

''अपने प्राणों से भी ज्यादा!'' फिर आगे बोली, ''देखकर नहीं चलते क्या? तुम बैठो मैं अभी नीम के बक्कल को गंगाजल में घिसकर लाती हूँ। लेप लगा दूँगी तो एक दिन में ही जख्म भर जायेगा।'' कहकर जैसे ही वह बाहर जाने लगी, रत्नाकर ने अपनी पत्नी के कंधे पर हाथ रखते हुए प्रश्न किया, ''प्रियतमा! मैं आज तक तुम्हारा और बच्चों का पालन-पोषण चोरी और डकैती के धन से करता आया हूँ। मैंने तुम्हारा और बच्चों का पेट पालने के लिए भयंकर पाप किये हैं। इसलिए मैं जानना चाहता हूँ कि जब मुझे मेरे पाप के कर्मो का फल मिलेगा, तब क्या तुम मेरे पापकर्मो के फल की भी भागीदार बनोगी।''

पत्नी ने झटके के साथ अपने कंधे से पति परमेश्वर का हाथ अलग हटा दिया। और फिर उसने रत्नाकर से कहा, ''मैं अग्नि के समक्ष सात फेरे लेकर तुम्हारी अर्धांगनी बनी हूँ, तुम्हारे दुःख-सुख की भी भागीदार हूं। एक ओर जहां आपकी, सास-ससुर आदि की सेवा-शुश्रूषा तथा इनकी देखभाल का उत्तरदायित्व अर्धांगनी बनाकर आपने मुझे दिया है, वहीं दूसरी ओर गृहस्वामिनी के रूप में सास-ससुर, ननद आदि की सम्राज्ञी भी हूँ। परन्तु इसका यह अर्थ नहीं कि मैं पाप में तुम्हारी भागीदार बन जाऊँगी ऐसा तुमने सोच ही कैसे लिया? तुम मुझे ब्याह कर लाये, इसलिए मेरा पेट पालना तुम्हारा कर्तव्य है। मैं भूखा मरना पसंद करूँगी, लेकिन तुम्हारे पाप में भागीदार नहीं बन सकती।''

''क्यों? क्यों नहीं बन सकती पाप की भागीदार! तुम तो प्रतिदिन साथ मरने और साथ जीने की बातें करती थकती नहीं! और यह बात तो अभी भी कही है।''

''देखो व्यर्थ ही टर-टर मत करो। यदि तुम अपने पुरषार्थ से हमारा पेट नहीं पाल सकते तो....।''

''तो क्या संबंध विच्छेद कर लोगी? मुझे छोड़ किसी और के साथ चली जाओगी? क्या इसीलिए स्त्री को सहधर्मिणी कहा जाता है? उसे अर्धांगिनी कहते हैं?''

"यदि पति योग्य न हो तो वेदों में पत्नी को स्वविवेक से निर्णय लेने के बहुत अधिकार दिये हैं।"

"अच्छा मैं गंवार भी तो जानूँ की वेदों ने स्त्री जाति को क्या-क्या अधिकार दिये हैं?"

"स्वभाव या आचार-विचार में विरोध होने पर वेदों में वैवाहिक संबंध विच्छेद करके पुनर्विवाह का वर्णन है। वेदों में विधवा विवाह का प्रावधान है। अथर्ववेद ने तो साफ कहा है कि पति की मृत्यु के बाद पत्नी संतान के लिए और अपने जीवन निर्वाह के लिए नवीन पति से पाणिग्रहण कर सकती है। ऋग्वेद में भी कहा गया है कि हे नारी! मृत पति को छोड़कर, विवाह के इच्छुक दूसरे पति को स्वीकार करो। तुम मेरा पुरषार्थ से पालन नहीं कर रहे, इसलिए मेरे लिए तो आज से ही मृत्यु तुल्य हो गये हो। और यदि कोई अधर्माचारी अपने को जीवित समझे तो ऐसी स्थिति में उस नारी को, अयोग्य पति होने के कारण वेदों ने पुनर्विवाह का भी अधिकार दिया है। इस तरह पुनर्विवाह करने वाली स्त्री को पुनर्भू कहा गया है। अब तक मेरी आंखों पर काली पट्टी पड़ी हुई थी। तुम अच्छे-अच्छे मिष्ठान्न लाते थे प्रतिदिन, इसलिए कभी यह ध्यान ही नहीं दिया कि तुम क्या वृत्ति करते हो, मैं तो आज तक सोच रही थी कि तुम कोई अच्छा कर्म करते होंगे। इसलिए तुम्हें पूर्णरूपेण वश में करने के लिए प्रशंसा करती थी।"

"क्या तुम समझती हो कि तुमने मुझे अपने वश में कर लिया?"

"वश में क्या? तुम तो मेरे पराधीन हो!"

"अर्थात्।"

"हमें खुश करने के लिए चोरी-डाके तक डालते हो! मेरे वशीकरण के कारण ही तो हमें और ज्यादा प्रसन्न करने के लिए अधिक से अधिक चोरी-डाके डालकर धन बटोरकर लाते हो!"

"चलो माना कि तुम वेदों की बहुत बड़ी विद्वान हो। वेदों ने स्त्री का गौरव बताते हुए इसीलिए उसे ब्रह्मा कहा गया है। लेकिन वेदों ने तो यह भी

कहा है कि पत्नी पति की आज्ञाकारिणी होनी चाहिए और पति से सदा मधुर वचन बोलने चाहिए। मैंने तुम्हें सुखी बनाने के लिए कितने लोगों को सताया, परन्तु तुम कहती हो कि मेरे पाप की भागीदार कदाचित् नहीं बनोगी! क्या यह वेदों की आज्ञा का उल्लंघन नहीं है?"

"वेदों में चोरी-डाके डालने के लिए नहीं कहा गया, वेदों में तो पति-पत्नी दोनों को उद्यमशील बनने का आदेश दिया गया है; उद्योग धंधों में काम करने का आदेश दिया गया है, क्योंकि ससांर में उद्यमी को ही सच्चा सुख मिलता है। इसलिए यदि तुम अधर्म के रास्ते पर चले तो मैं उसकी भागीदार क्यों बनूं? क्या चोरी डाके डालने के लिए मैंने कहा है? मुझे क्या पता था तुम आर्य होकर असुर बन जाओगे, नहीं तो तुमसे विवाह ही नहीं करती। जिस तरह देवों के साथ युद्ध में असुरों ने स्त्री सेना को आगे करके मरवा दिया था, तुम भी उसी तरह स्वयं तो मृत्यु के मार्ग पर चल रहे हो मुझे भी उसी मार्ग पर धकेलना चाहते हो!"

"देखो, मुझसे बुरा कोई नहीं होगा, एक बार और पूछता हूँ कि मेरे पाप में भागीदार बनोगी या नहीं?"

"नहीं...नहीं....नहीं....।"

"ठीक है तो मैं जाता हूँ।"

"जाओ..जाओ...मैं जानती हूँ कि लौटकर यहीं आओगे डाकू महाशय!"

"क्या तुम भी मुझे डाकू कहती हो?"

"ओह! क्या तुम दूध के धुले हुए हो, तुम चोर-डाकू नहीं तो क्या हो! तुमने स्वयं ही तो कहा है कि तुम चोरी-डाके डालकर हमारा पेट पालते हो।"

"अच्छा, भगवान तुम्हारा भला करे! मैं जाता हूँ।"

"भगवान भला करे तुम्हारा, तुम्हें दे सद्बुद्धि। तुम्हें सद्बुद्धि मिलेगी तो भला अपने आप ही हो जायेगा।"

"अच्छा, चलता हूँ।"

"चलता हूं...चलता हूं.... यह क्या तोते वाली रट लगा रखी है। जाना है

तो जाओ, जिस भगवान से हमारा भला करने को कह रहे हो उससे अपने लिए कुछ मांगों। विनती करो। तप करो। तप और त्याग ही तुम्हारे पापों के प्रायश्चित का मार्ग है। यही तुम्हें नरक का भागी बनने से रोक सकते हैं।''

उसके बाद बिना कुछ बोले रत्नाकर ने एक बार तिरछी नजरों से परिवार के सब सदस्यों को देखा और फिर बड़ी तेजी के साथ कदम बढ़ाता हुआ जंगल की ओर चल दिया।

लेकिन उनकी पत्नी ने उन्हें अचानक ही टोका, ''ठहरो पतिदेव!''

वे रुक गए, ''अब क्यों रोका?''

''घर को घर नहीं अपितु गृहिणी को ही घर कहते हैं। पति-पत्नी से ही घर संपूर्ण बनता है। मैं जान गयी हूँ कि तुम आगे किस मार्ग का अवलोकन करोगे। मेरी शुभकामनाएँ तुम्हारे साथ हैं। मुझे विश्वास है कि अब तुम जो भी करोगे अच्छा ही करेगो, इसलिए आपके हर अच्छे काम में मैं भी शमिल होना पसंद करूँगी। बिना पत्नी के बैठे तो यज्ञ भी अपूर्ण रहता है। इसलिए मुझे सदा अपने साथ ही समझना। तुम अपने लक्ष्य पर आगे बढ़ो और मैं अपने धर्म पर आगे बढ़ती रहूँगी। सास-ससुर की सेवा-शुश्रूषा करते हुए तुम्हारी तब तक प्रतीक्षा करूँगी, जब तक तुम मेरे हाथ पर पुरषार्थ की निष्क लाकर नहीं रख दोगे।''

''धन्यवाद!'' कहकर रत्नाकर मुस्करा दिया और फिर जंगल की ओर बढ़ गया।

जंगल में आकर रत्नाकर ने सप्तऋषियों और नारद मुनि को बंधनमुक्त कर दिया और फिर उनके चरणों में पड़कर क्षमा माँगने लगा, ''क्षमा करें ऋषिगण! मुझे नहीं पता था कि मैं किस मार्ग पर चल रहा हूँ। आप लोगों ने मेरी आँखें खोल दी। मुझे सही राह दिखाओ। मैं अपना शेष जीवन उसी मार्ग का अनुसरण करूँगा जो आप मुझे दिखाएँगे।''

अग्निऋषि ने उसे चरणों से उठाकर गले से लगाते हुए कहा, ''हमारे लिए इससे बड़ा और भला क्या सौभाग्य होगा कि हमने एक पंक को पंकज बनते

देखा है। इससे अच्छी बात और भला क्या हो सकती है।"

"नहीं....नहीं...मुझे पंकज मत कहिये ऋषिवर! मैं तो मूढ़ और अज्ञानी हूँ।"

"जब तुमने निकृष्ट कर्म त्याग दिया तो अज्ञान का अंधेरा भी मिट जायेगा।"

"ऋषिवर! आप तो ज्ञान के भण्डार हैं। आपने आज तक जो जाना क्या आप मुझे बताने की कृपा करेंगे।"

अग्निऋषि ने उलटकर प्रश्न किया, "इस जंगल में भूमि पर कितने सूखे पत्ते पड़े होंगे? फिर हम जिस वृक्ष के नीचे खड़े हैं, उन पर चिपके सूखे पत्तों की संख्या कितनी होगी?"

रत्नाकर शांत हो ऋषि का मुख देखता रहा। ऋषि ही आगे बोले, "अपने पैरों के नीचे जो पत्ते पड़े हैं, क्या तुम बता सकते हो इनकी संख्या कितनी होगी?"

रत्नाकर कोई उत्तर नहीं दे सका। केवल ऋषियों को इस तरह निहारता रहा, जैसे कि समस्त देवता उनके समक्ष खड़े हों।

अग्निऋषि ने स्वयं ही उत्तर देने की पहल की, "रत्नाकर! ज्ञान का विस्तार इतना है, जितना इन वन प्रदेश में बिछे हुए सूखे पत्तों का परिवार। मैंने इतना जाना, जितना ऊपर वाले वृक्ष का पतझड़। यदि मैं तुम्हें अपना शिष्य बना लूँ और प्रतिदिन शिक्षा देने लगूँ तो एक सौ वर्षों में तुम्हें इतना ही बता सकता हूँ जितना कि अपने पैरों के नीचे कुछेक पत्तों का समूह पड़ा है। इसलिए तुम्हारे लिये यही योग्य है कि ज्ञान की बातें समझते हुए निरन्तर सत्य खोजते रहो और जितना मिल सके उतना समेटते रहो, इसी में बुद्धिमत्ता है।"

"लेकिन बिना गुरु के ज्ञान की बातें कैसे खोजी जा सकती हैं?" रत्नाकर ने पूछा।

अग्निऋषि ने आगे कहा, "रत्नाकर प्यास के कारण मेरा गला सूख रहा है, ऐसे में मैं भला आपका मार्गदर्शन कैसे कर सकता हूँ।"

"आप निश्चिंत होकर यहाँ बैठे ऋषिगण! मैं आप लोगों के लिए अभी पानी ले आता हूँ।" कहकर रत्नाकर उस जंगल में पास ही एक पहाड़ी झरने से पानी लेने चला गया। लेकिन वह थोड़ी ही देर में खाली हाथ लौट आया।

बोला, "ऋषिवर! अभी-अभी बैलगाड़ियों के गुजरने के कारण झरने का पानी गदला हो गया है। थोड़ी ही दूर यहाँ से तमसा नदी है, मैं उससे पानी ले आता हूँ।"

"नहीं, तुम तमसा से पानी नहीं लाओगे। हमें झरने का पानी ही मीठा लगता है।" अग्नि ऋषि ने कहकर उसे दोबारा झरने का ही पानी लाने के लिए भेज दिया। पानी तब भी साफ नहीं हुआ था। रत्नाकर फिर लौट आया। तीन बार ऐसा ही हुआ। चौथी बार सड़े-गले पत्ते पानी में नीचे बैठ गये थे, पानी सीसे की भाँति चमक रहा था। इस बार रत्नाकर पानी के साथ लौटा।

अग्निऋषि ने कहा, "रत्नाकर! हमारे जीवन के जल को भी विचारों की बैलगाड़ियां प्रतिदिन गदला करती हैं। हम जीवन से भाग खड़े होते हैं। हम भागे नहीं, झील के शांत होने की थोड़ी प्रतिक्षा कर लें, तो सबकुछ स्वच्छ हो जाता है। उसी झरने की तरह।"

रत्नाकर ने कहा, "प्रभु! मैं ठहरा बूद्धू! मेरी समझ में आपकी ये ज्ञानभरी बातें नहीं आती। मुझे तो ईश्वरप्राप्ति का सीधा-सा मार्ग बता दें।"

अग्निऋषि कुछ देर तक शांत रहे। फिर थोड़ी देर में आसमान की ओर देखकर बोले, "सूरज ढलने ही वाला है, सांझ करीब है।"

इतना सुनकर रत्नाकर उठा और ऋषियों को प्रणाम करता हुआ बोला, "अब मुझे चलने की अनुमति प्रदान करें।"

"ज्ञानवान बनो!" अग्निऋषि ने उसे आशीर्वाद दे दिया।

रत्नाकर पगडंडी से चलता बना।

नारदजी को यह देखकर बड़ी हैरानी हुई कि रत्नाकर पूछ क्या रहा था और अग्निऋषि ने उसे उत्तर दिया क्या? एक निरक्षर आदमी भला इस तरह की ज्ञानभरी बातें कैसे समझ सकता था। नारद जी से रहा नहीं गया, तो उसने

अग्निऋषि से पूछ ही लिया, "भगवन्! रत्नाकर ने तो अंत में ईश्वर प्राप्ति का मार्ग पूछा था, लेकिन आपने तो उसको यूँ ही टाल दिया।"

अग्निऋषि बोले, "रत्नाकर संतुष्ट होकर लौटा है। तुम्हें विश्वास न हो तो जाकर पूछ लो।"

नारदजी दौड़कर रत्नाकर के पास गये और पूछा, "रत्नाकर क्या तुम अग्निऋषि के उत्तर से संतुष्ट हो?"

रत्नाकर ने उत्तर दिया, "हाँ! उन्होंने ठीक ही कहा है। मेरे जीवन की संध्या आ चुकी है और अब जीवन समाप्त होने में देर ही कितनी है। मैंने जीवन में किया ही क्या है? अच्छे कुल में भी जन्म लेकर अब तक चोरी डकैती करके कुल को ही कलंकित किया है। लेकिन अग्नि ऋषि ने आज मेरा मार्गदर्शन कर दिया है। भगवान भला करें उनका।"

"मैं कुछ कहूँ रत्नाकर?"

"कहो..कहो..नारद जी क्या कहना चाहते हो?"

"सबसे पहले यह समझ लो कि जीवन की सांझ वास्तव में जीव की अनन्त यात्रा का पड़ाव आने का संकेत है। तुम्हारे कई जन्म हुए हैं। तुम्हारी आत्मा अमर है। मुझे तो विश्वास ही नहीं होता कि आप इस जन्म में भी डाकू हैं!"

"इस जन्म में भी? इसका मतलब है कि मैं पहले जन्म में भी डाकू था!"

"नहीं..नहीं..मेरा यह कहने का कदाचित् अर्थ नहीं है, फिर भी समय आने पर यह बात ब्रह्मा ही आपको बता सकते हैं!" फिर उन्होंने मुस्कुराकर आगे कहा, "मैंने तो आपकी मस्तक रेखा देखकर ही आपको पहचान लिया था कि आप वही हैं, जिसे इस जन्म में भारतीय संस्कृति का उद्धार करने वाला प्रसिद्ध ऋषि बनना था। लेकिन आश्चर्य हुआ कि आप इस जन्म में चोरी-डाके ही डाल रहे हैं।"

"देवर्षि! अग्निऋषि की तरह अब आप क्यों पहेलिया बुझा रहे हैं।"

"पहेलियाँ कहाँ बुझा रहा हूँ। मैं तो आपको कुछ स्मरण कराने की

कोशिश कर रहा हूँ।''

''देखो मैं आपकी तरह पढ़ा-लिखा विद्वान नहीं हूँ। जो कहना चाहते हो साफ-साफ कह दो।''

''मेरी हिम्मत कहां कि आपको कुछ कहूँ, लेकिन क्या मैं पूछ सकता हूँ कि अब आप क्या करेंगे।''

''पापों का प्रायश्चित!''

''कैसे?''

''देश-विदेश के सारे तीर्थ स्थलों का भ्रमण करूंगा। संत योगियों व ज्ञानियों से शिक्षा लूँगा। अष्टांग योग की शिक्षा प्राप्त करूंगा और फिर चिरकाल तक के लिए समाधिस्थ हो जाऊँगा।''

''क्या ऐसा करने से पापों का प्रायश्चित हो जायेगा?''

''क्यों नहीं होगा? क्या पापों का प्रायश्चित करने का यह तरीका नहीं है?''

''नहीं, यह तरीका नहीं है, तरीका तो कोई दूसरा है। लेकिन तुम्हारी इच्छा योग सीखने, तपस्या करने और तीर्थ स्थलों के भ्रमण करने की है तो पहले वह कर लो। अभी पापों का प्रायश्चित करने की जल्दी ही क्या है। लेकिन एक बात पूछूँ?''

''पूछो, देवर्षि क्या पूछना चाहते हो?''

''तुम तीर्थ स्थलों का भ्रमण करना चाहते हो। अब तक तुमने चोरी-डाके डाले हैं और लोगों को लूटा है। भले ही तुमने यह सब छोड़ दिया हो, लेकिन लोगों को तो विश्वास नहीं होगा। लोगों में अच्छे बुरे-सब प्रकार के मनुष्य होते हैं। बुरे लोग तुम्हारी निंदा करेंगे और तुम्हें गालियाँ देंगे। हो सकता है तुम्हें किसी धर्म स्थल में तो घुसने भी न दें। उस समय तुम्हें कैसा लगेगा?''

''मैं समझ लूँगा कि वे बहुत भले आदमी हैं, क्योंकि उन्होंने मुझ पर धूलि नहीं फेंकी और मुझे थप्पड़ नहीं मारे।''

''उनमें से कुछ धूलि भी फेंक सकते हैं और थप्पड़ भी मार सकते हैं।''

"मैं उन्हें भी इसलिए भला समझूँगा कि वे मुझ पर लाठियाँ नहीं भांजते।"

"कुछ लोग आपको लाठियों से भी पीट सकते हैं, क्योंकि आपके अब तक के कर्म ही ऐसे रहे हैं। हो सकता है तीर्थस्थलों पर कई ऐसे लोग मिल जाएँ जिन्हें आपने लूटा हो, तो वे आप पर लाठियाँ चलाने से चूकेंगे नहीं।"

"वे मुझे हथियारों से नहीं मारते, इसलिए वे भी मुझे भले ही जान पड़ेंगे।"

"देश बहुत बड़ा है रे! तुम्हें तीर्थाटन करने के लिए इसी तरह के जंगलों से भी गुजरना पड़ेगा। तुम तो जानते ही हो कि जंगलों में ठग और डाकू भी रहते हैं। डाकू तुम्हें हथियारों से भी मार सकते हैं।"

"वे डाकू भी मुझे दयालु जान पड़ेंगे, क्योंकि उन्होंने मुझे जीवित तो छोड़ा।"

"तुम यह कैसे कह सकते हो कि डाकू जीवित ही छोड़ देंगे, वे तुम्हारी जान भी ले सकते हैं।"

"यह संसार दुःखस्वरूप है। इसमें बहुत दिन जीने से दुःख ही दुःख होता है, आत्महत्या करना तो महापाप होता है। लेकिन कोई दूसरा मार दे तो यह उसकी दया ही है। इस संसार से मुक्ति मिल जायेगी।"

रत्नाकर की बात सुनकर नारद जी बहुत प्रसन्न हुए और उन्होंने कहा, "रत्नाकर तुम अवश्य तीर्थ स्थलों के दर्शन करने के अधिकारी हो। तुम तो बिना तपस्या के ही ऋषि बन गये। सच्चा ऋषि वही है, जो कभी किसी भी दशा में किसी को बुरा नहीं कहता। जो दूसरों की बुराई नहीं देखता, जो सबको भला ही समझता है, वही ऋषि पद का अधिकारी है। जाओ मेरी शुभकामनाएँ तुम्हारे साथ हैं।" उसके बाद नारद जी को प्रणाम कर रत्नाकर तीर्थस्थल की राह पर चल दिये।

यही रत्नाकर कालांतर में आदि कवि महर्षि वाल्मिकी के नाम से विख्यात हुए।

# राजा शिवि का बलिदान

राजा शिवि इक्ष्वाकु वंश के राजा थे। राजा अपनी न्यायप्रियता और दया के लिए प्रसिद्ध थे। लोग अपने राजा से इतने खुश थे कि हर समय राजा के गुण गाया करते थे। धीरे-धीरे उनकी ख्याति के चर्चे स्वर्ग में देवराज इन्द्र तक पहुँच गये।

शिवि की इतनी प्रशंसा सुन एक दिन राजा इन्द्र ने उनकी परीक्षा लेने का निर्णय लिया। उन्होंने अग्नि देव को बुलवाया और दोनों ने मिलकर एक योजना बनाई।

अग्नि देव ने कबूतर का रूप बनाया और इन्द्र बने एक बाज और दोनों पृथ्वी पर शिवि के राजमहल पहुँचे।

राजा शिबि उस समय अपने सिंहासन पर बैठे हुए थे। उन्होंने देखा कि एक कबूतर घबराया हुआ भाग रहा है, उसके पीछे बाज़ पड़ा हुआ है। अचानक कबूतर रोते-रोते राजा के पास आया और उनसे अपनी रक्षा करने को बोला। कबूतर ने राजा से कहा कि "एक बाज मारने के लिए उसके पीछे पड़ा हुआ है। महाराज! आप हमेशा दीन-दुखियों की सहायता करते हो अब आप ही मेरे प्राणों की रक्षा करो, नहीं तो वह बाज मुझे मार डालेगा।"

राजा शिवि को कबूतर पर दया आयी, उन्होंने फौरन कबूतर को अपनी गोद में बैठा लिया और कबूतर से कहा कि वह निडर होकर जब तक चाहे महल में रहे।

इतने में बाज भी कबूतर का पीछा करते हुए राजा के पास आया। बाज ने राजा से कहा कि वह कबूतर को छोड़ दे, क्योंकि कबूतर उसका भोजन है।

राजा ने बाज से कहा कि कबूतर तो उसकी शरण में आया है, इसलिए वह कबूतर को तो नहीं छोडेंगे, पर बाज की भूख मिटाने के लिए बाज जो

चाहेगा उसे दे दिया जायेगा। बाज को राजा का प्रस्ताव पसंद नहीं आया, वह कबूतर को ही खाना चाहता था। काफी देर बहस करने के बाद बाज बोला कि वह कबूतर को एक शर्त पर छोड़ सकता है। अगर कबूतर के वजन के बराबर उसे राजा अपना मांस काट कर दे।

राजा फौरन बाज की बात मान गये। राजा ने उसी वक्त एक तराजू मंगवाया, तराजू के एक पलड़े पर कबूतर को रखा और दूसरे पलड़े पर राजा ने अपनी टांग से मांस काट कर रखा। पर कबूतर का वजन मांस से ज्यादा था, राजा ने और थोड़ा मांस अपनी टांग से काटा और पलड़े में डाला, फिर भी कबूतर भारी निकला।

फिर राजा ने अपनी बायीं भुजा काटकर पलड़े पर रख दी, पर कबूतर का पलड़ा फिर भी भारी रहा। उसके बाद राजा ने धीरे-धीरे अपने सारे शरीर का मांस काटकर तराजू के पलड़े में रख दिया, पर फिर भी कबूतर ही भारी रहा। अब राजा के शरीर पर केवल हड्डियाँ और उनसे चिपका हुआ थोड़ा बहुत मांस ही बचा था, पर फिर भी लहूलुहान राजा के चेहरे पर कोई शिकन नहीं थी। अब स्वयं ही आसन से उठकर पलड़े में बैठ गये, तो फौरन राजा वाला पलड़ा भारी होकर नीचे जमीन पर टिक गया। यह सब देख कबूतर और बाज दोनों अपने असली रूप में आये। उन्होंने राजा का लहूलुहान शरीर फौरन ठीक किया और राजा को बताया कि वह दोनों राजा की परीक्षा ले रहे थे। इन्द्रदेव और अग्निदेव दोनों ने राजा को अनेक आशीर्वाद दिये और कहा कि जब तक धरती पर जीवन रहेगा, तब तक उनके इस बलिदान की कथा सुनाई जायेगी।

# सती शांडिली

प्रतिष्ठानपुर में एक कौशिक नाम का ब्राह्मण रहता था। उसने पिछले जन्म में जो पाप किए थे वह उसे कष्ट दे रहे थे। वह कोढ़ी हो गया था। कर्म उसके इस जन्म में भी ठीक नहीं थे। लक्ष्मी की कृपा होने के कारण उसे अपने धन पर गर्व था और इसीलिए वह अनेक बुरी आदतों का शिकार हो गया था। वह बहुत बदचलन था परंतु उसकी पत्नी, 'नर्मदा', जो शांडिल्य गोत्र में पैदा हुई थी, इसलिए उसका नाम शांडिली पड़ गया था। बहुत नेक स्त्री थी और सती कहलाने योग्य थी। वह देवी समान थी, अपने पति की पूरी लगन से सेवा करती थी। उसका पति उसके साथ बुरा व्यवहार करता था। फिर भी वह पति-भक्त थी। वह पति को परमेश्वर मानती थी। पति के मल-मूत्र आदि को साफ करना, और पति को नहलाना उसके कोढ़ के घावों को साफ करना। वह सभी कुछ नियमपूर्वक और बड़ी निष्ठा से करती थी। वह एक साध्वी स्त्री थी उसका यह विश्वास था कि हर प्रकार से पति को खुश रखना ही पतिव्रत धर्म का पालन है। इसीलिए अपने पति के बुरे व्यवहार को भी वह सहर्ष झेल लेती थी। वह पति को संतुष्ट रखने की पूरी कोशिश करती थी।

कौशिक बहुत ही बुरे स्वभाव का व्यक्ति था। गुस्सा तो उसकी नाक पर रखा रहता था। उसकी नजरों में उसकी पत्नी का कोई मोल नहीं था। वह उसे हमेशा डांटा-फटकारा करता था। फिर भी शांडिली सच्चे मन से अपने पति की सेवा किया करती थी। उसका मानना था कि सती का सतीत्व इसी में है। कौशिक रोग के कारण चल-फिर नहीं पाता था। इसलिए उसको एक स्थान से दूसरे स्थान पर उसकी पत्नी ही ले जाती थी। एक बार कौशिक एक वेश्या पर मोहित हो गया पर चलने-फिरने से मजबूर था, तो उसने अपनी पत्नी को मजबूर किया कि वह उसे लादकर वेश्या के कोठे तक ले जाय और जब तक

वह वेश्या के घर रहे वह बाहर बैठकर उसका इंतजार करती रहे। फिर सुबह उसे लेकर घर आए। एक पत्नी के लिए इससे ज्यादा दुर्भाग्य की और क्या बात होगी। शांडिली पर तो जैसे वज्रपात हो गया। परंतु वह स्त्री क्या थी सहनशीलता की एक मिसाल थी। वह जानती थी कि यह दुःख जब उसके भाग्य में आ गया है, तो उसे सहन करना ही है। चाहे दुःख से सहन करे, या सुख से। उसने पति की इच्छा तथा गुरु के आशीर्वाद के कारण उस दुःख को बड़ी शालीनता से झेला। उसने उस दुःख में भी अपना सुख ढूँढ़ा। अपने कष्टों को अपनी साधना का साधन बना लिया। सत्संग के कारण उसमें अपूर्ण बल पैदा हो गया, जिससे वह हर विष को अमृत समझकर पीती गई।

अब शांडिली अपने पति को अपने कन्धों पर ढोकर वेश्या के घर तक ले जाती। वह रात में जाती और पति को वेश्या के पास छोड़कर नीचे सीढ़ी में उसका इन्तजार करती रहती और सुबह होने पर उसे लेकर वापस घर आती थी। यह उसका नित्य का कर्म बन गया था। इसे वह एक पतिव्रता नारी होने के नाते कर्त्तव्य समझकर किए जा रही थी।

एक रात शांडिली अपने पति को कंधे पर लाद कर चली जा रही थी, घोर अंधकार था उसी अंधकार में उसके पति का पैर एक योगी, जिसे फांसी दी जा रही थी, उससे टकरा गया। उस योगी ने उसे श्राप दिया कि जिसका पैर मुझसे छुआ है वह सूर्य की पहली किरण निकलते ही मर जाए। असल में वह योगी एक ऋषि पुत्र था। वह योग-साधना करता था और इस प्रकार वह एक बड़ा योगी बन गया था। वह बड़े चंचल स्वभाव का था इसलिए एक दिन वह दुर्वासा ऋषि को नाराज कर बैठा, तो दुर्वासा ऋषि जो अपने अत्यंत क्रोधी स्वभाव के कारण प्रसिद्ध ही हैं, उन्होंने उस योगी को श्राप दे दिया कि तुझे फांसी हो जाएगी। उसी श्राप के फलस्वरूप वह लड़का घूमते-घामते एक जगह ध्यान में बैठ गया। कुछ चोर चोरी करके भाग रहे थे। उनका पीछा किया जा रहा था। उन चोरों ने अपना चोरी का माल उस योगी के पास छोड़ दिया और भाग गए। राजा के सिपाहियों ने उस योगी को माल सहित पकड़ा, तो उसे चोर

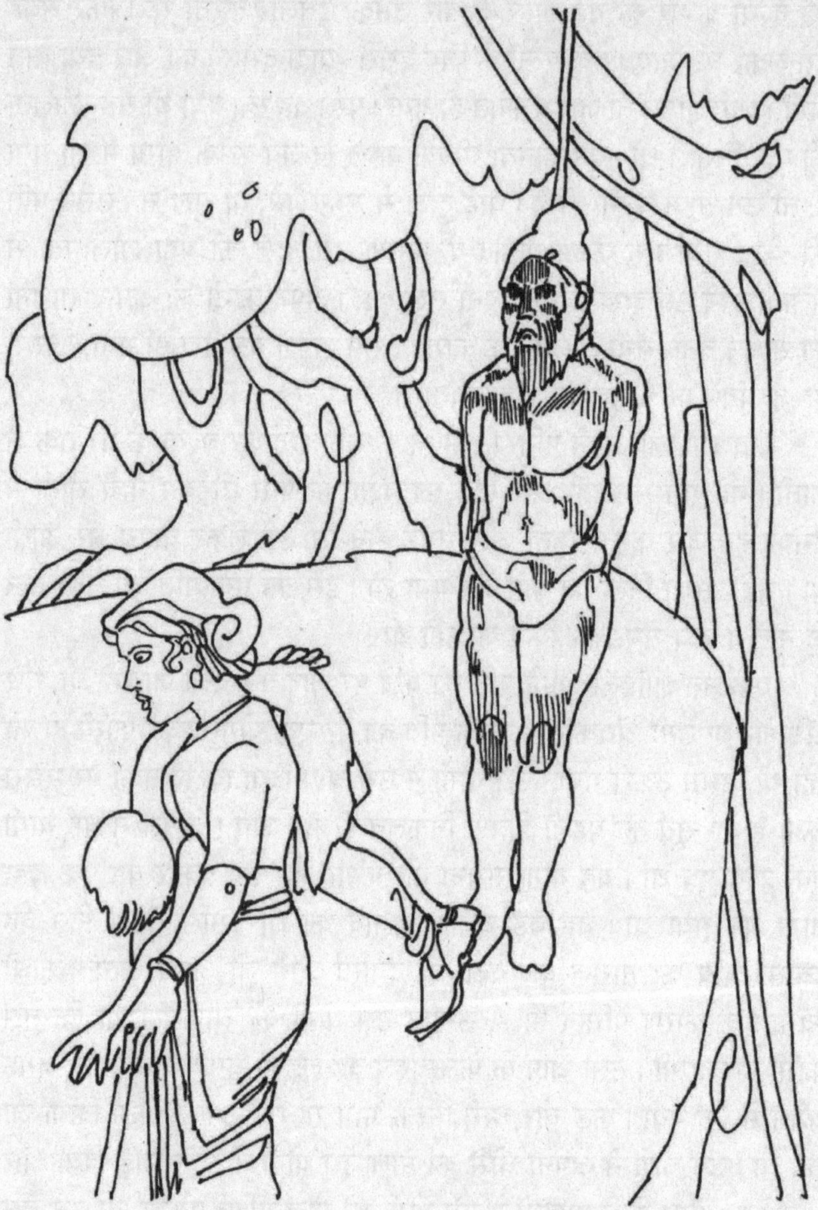

घोषित कर दिया गया और राजा ने उसे फांसी की सजा सुना दी। आखिर दुर्वासा ऋषि का श्राप यूँ ही बेकार कैसे जा सकता था। उसी योगी को पेड़ से लटकाकर फांसी दी गई थी। वह उस शारीरिक पीड़ा से पीड़ित था कि कौशिक का पैर उससे टकरा गया, इसी से उसने श्राप दे दिया था।

योगी के श्राप देते ही शांडिली उसके चरण पकड़ कर रोने लगी कि उसके पति को वह श्राप मुक्त कर दें, परंतु मुँह से निकली बात वापस नहीं होती। वह बहुत रोई गिड़गिड़ाई कि दोष तो मेरा है। मेरे पति का दोष नहीं है। अतः दंड देना है, तो मुझे दीजिए। परंतु योगी पर उसका कोई असर नहीं पड़ा। बल्कि उसने कहा कि वह एक महान योगी है उसका श्राप कभी भी बेकार नहीं होता।

शांडिली ने सोचा कि मैं अपने पति को कैसे बचाऊँ तथा पतिव्रत धर्म को कैसे निभाऊँ? उसमें सती का तेज जाग गया। उसने कहा कि यदि मुझमें सती का तेज है और आप कहते हैं कि सूर्योदय होने पर मेरे स्वामी की मृत्यु हो जाएगी, तो मैं भी सतीत्व के प्रभाव से कहती हूँ। कि कल सूर्योदय होगा ही नहीं। शांडिली के संकल्प में सत्य होने की शक्ति आ गई और उसके आगे प्रकृति को भी झुकना पड़ा। उसके दृढ़ संकल्प के कारण तीन दिन तक सूर्य ही नहीं निकला। भूमंडल तथा ब्रह्मलोक में हाहाकर मच गया। सभी देवता घबरा गए, वह शंकर जी के पास गए। शंकर जी शांडिली के गुरु सती अनसूया के पास पहुंचे। और उनसे कहा खुद आप ही चलकर शांडिली को समझाइए कि सृष्टि का कार्य इसी प्रकार से चलने दे, उसमें बाधा न डाले। आपकी शिष्या सूर्योदय नहीं होने दे रही है क्योंकि सूर्य की पहली किरण उगते ही उसका पति स्वर्गवासी हो जाएगा। उसने अपने सतीत्व से सूर्य को निकलने से रोक लिया है। अनसूया ने कहा, "चलिए उसको समझने की कोशिश करते हैं, क्योंकि सती का तेज बहुत उग्र होता है।"

सभी देव अनसूया के साथ शांडिली के घर आए। उसने उन सबका उचित आदर-सत्कार किया, उसका कोढ़ी पति भी अपने द्वारा किए गए बुरे कामों का पश्चाताप कर रहा था। उसे अब अपनी पत्नी का मूल्य पता चल रहा

था। अनसूया ने शांडिली से कहा कि बेटी तू सूर्य को छोड़ दे, वरना लोक में सारा कुछ उलट-पलट हो जाएगा। तू अपने स्वार्थ के कारण सभी को परेशान कर रही है। शांडिली अनसूया के पैरों पर गिर गई और रोकर कहा कि सूर्य को छोड़ देने पर संसार का क्रम तो ठीक हो जाएगा, पर मेरे स्वामी मुझसे बिछुड़ जाएँगे। मैं ऐसा कैसे होने दूँ? अनसूया ने उसे समझाया कि तू सूर्य को उदय होने दे। तेरे पति को मैं अपने सतीत्व और योग बल से जीवित कर लूँगी। बेटी तू सूर्य को उदय न होने का संकल्प लौटा ले।

अनसूया के अनुरोध करने पर शांडिली ने सूर्य पर से अपना संकल्प खींच लिया और सूर्य निकल आया। सूर्य के निकलते ही कौशिक का शरीर पृथ्वी पर मृत होकर गिर पड़ा। अनसूया बोली, "बेटी तुम डरना नहीं, अपने पति की सेवा से जो मुझमें तेज आया है और जो शक्ति मिली है उससे मैं तुम्हारा कुछ भी बुरा नहीं होने दूँगी। यदि मैंने अपने पति के समान अन्य पुरुष को कभी न देखा हो तो उस सत्य के प्रभाव से यह ब्राह्मण निरोगी होकर जीवित हो जाए। यदि मैं अपने स्वामी को देवतुल्य समझती हूँ और पतिव्रत धर्म का पालन करती हूँ तो यह कुलीन ब्राह्मण जीवित हो जाए।" और इस तरह अनसूया के सतीत्व और योग शक्ति से कौशिक का सूक्ष्म शरीर वापस स्थूल शरीर में आ गया। वह ऐसे उठ बैठा जैसे नींद से जागा हो।

कौशिक अपनी पत्नी के तेज को तथा पतिव्रत धर्म को स्वीकार कर उससे क्षमा-याचना करने लगा कि उसने शांडिली को बहुत कष्ट दिए हैं जिसके लिए वह उसे क्षमा कर दे। पत्नी को पति का क्षमा-याचना करना ठीक नहीं लगा। उसने कहा कि स्वामी यह तो मेरे एकनिष्ठ भाव से सेवा करने का प्रभाव है और वह ही मेरा कर्त्तव्य था।

शांडिली में यह शक्ति धर्म पालन के कारण आई थी। सती के तेज के आगे देवता भी कांपने लगते हैं। सती शांडिली के अपने पति के सभी अत्याचार हँस-हँसकर सहे। उनके लिए कभी भी बुरा विचार नहीं रखा। इसी कारण उसमें इतनी शक्ति आ गई थी।

# हनुमान की भक्ति

पुंजिकास्थला नाम की अप्सरा देवराज इंद्र की अमरावती में रहती थी। यूँ तो वह बहुत ही नेक थी, परंतु एक बार उससे गलती हो गई, जिसके लिए ऋषि ने उसे श्राप दे दिया कि वह बानरी के रूप में जन्म लेगी। वह बहुत दुःखी हुई और उसने ऋषि से प्रार्थना की कि उसे श्राप मुक्त कर दे। ऋषि के विनती करने पर यह कृपा की कि उसको मानवी का रूप भी प्रदान किया। उन्होंने उससे कहा कि वह जब चाहे वानर तथा जब चाहे मानव का रूप धारण कर सकती है।

वानरराज केसरी से उनका विवाह हुआ। दोनों में बेहद प्रेम था। वह बहुत सुंदर थीं। वैसे तो उनके जीवन में हर तरह की खुशहाली थी लेकिन उन्हें सिर्फ एक ही दुःख था कि उनके कोई संतान नहीं थी। एक दिन दोनों सुरम्य घाटी पर प्रकृति का आनंद ले रहे थे कि वायु के एक हलके से झोंके से अंजना (पूर्व जन्म की पुंजिकास्थला) की साड़ी का पल्ला जब उड़ा, तो उन्हें ऐसा महसूस हुआ कि किसी ने उनका स्पर्श किया है। अंजना ने क्रोधपूर्वक धिक्कारा कि कौन दुष्ट है, जिसने मुझे छूने की हिम्मत की? मेरा पतिव्रत धर्म नष्ट करने की कोशिश की है? मैं अभी उसे शापित कर दूँगी। इस पर वायुदेव ने कहा, ''हे देवि, तुम्हारा पतिव्रत धर्म नष्ट नहीं हुआ है न ही मेरी ऐसी कामना थी। तुम्हें मेरे रागान टी बलवान पुत्र पैदा होगा, जो भगवान का भक्त होगा। भगवान की सेवा में लीन रहा करेगा।'' ऐसा कहकर वायुदेव चले गए। उसी समय अंजना के कान के रास्ते से शंकर जी ने उनके गर्भ में प्रवेश किया। इसकी भी एक कथा है : जब शंकर जी को पता चला कि विष्णु भगवान अवतार लेने जा रहे हैं, तो उनकी मुक्ति के लिए वह अपने रूप में परिवर्तन करना चाहते थे, इसलिए अंजना के गर्भ में स्थान लिया था। ठीक समय पर अंजना के गर्भ से

एक शिशु का जन्म हुआ। वह शिशु वानरराज वास्तव में शंकर जी का ही बदला हुआ रूप था। वायु ने उसे ऊर्जा दी इस कारण उसे पवन पुत्र कहा गया। माँ का नाम अंजना था इस कारण उसे अंजनी पुत्र तथा पिता केसरी थे इस कारण उसे केसरी नंदन कहा गया। वास्तव में उसका नाम हनुमान पड़ा।

हनुमान का पालन-पोषण बहुत ही मनोयोग से होने लगा। माता-पिता उन पर जान छिड़कते थे। दोनों उनकी बालकेलि क्रिया-कलापों को देखकर आनंद से अभिभूत हो जाते थे। एक दिन अंजना अपने काम में व्यस्त थीं, नन्हें हनुमान को भूख लगी। पवनदेव के पुत्र होने के कारण उनमें उड़ने की शक्ति थी। उन्होंने सूरज को देखा और उसे लाल फल समझकर उसे खाने के लिए उड़ने लगे। परंतु पितृतुल्य सभी देवताओं के लिए यह विस्मयकारी था। वायु यह देखकर भयभीत हो गए। उन्होंने सोचा यह सूर्य की ओर उड़ा चला जा रहा है। यह सूर्य के ताप को सहन नहीं कर पाएगा और सूर्य की किरणें इसे झुलसा देंगी। इस डर से पवनदेव ने ठंडी हवा चला दी ताकि सूर्य की किरणें शीतल हो जाएँ। हनुमान ने सूर्य को अपने मुँह में ले लिया। यह देखकर सभी देवता भयभीत हो गए और हनुमान से सूर्य को छोड़ देने का निवेदन किया। हनुमान ने सूर्य को छोड़ दिया, जिसके कारण सभी देवताओं ने हनुमान को बहुत से वरदान और अनेकों शक्तियाँ प्रदान कीं।

हनुमान के इस कृत्य को देखकर देवताओं ने वायुदेव से कहा कि तुम्हारा पुत्र इच्छानुसार आकार ग्रहण करने वाला तथा रूप बदलने वाला होगा। यह तीव्रगामी होगा, इसमें शक्ति व शौर्य असीमित होगा। यह राम का परम भक्त तथा राम-रावण युद्ध में राम का सहायक होगा। यह सुनकर केसरी तथा अंजना को बहुत खुशी हुई। हनुमान बालपने में बहुत नटखट थे। तरह-तरह की शरारतें करने और लोगों को परेशान करने में उन्हें आनंद आता था। उनकी चंचलता इस हद तक थी कि वह ऋषि-मुनियों को भी नहीं छोड़ते थे। सभी उनकी इस चंचलता से परेशान थे। यहां तक कि माता-पिता भी। उनकी इसी चंचलता के कारण ऋषियों ने हनुमान को शाप दिया कि तुम अपने इस बल को

भूल जाओगे, परंतु जनकल्याण के लिए जब कोई तुम्हें तुम्हारी शक्ति की याद दिलाएगा तब तुम अपने शक्ति को याद कर इसी प्रकार शौर्यपूर्ण तथा बलशाली बन जाओगे।

समय पर उनका यज्ञोपवीत संस्कार करके उनके माता-पिता ने उन्हें शिक्षा-दीक्षा के लिए सूर्य के पास भेज दिया। वहीं पर हनुमान ने सारे वेदों का अध्ययन किया तथा अनेकों विद्याओं का ज्ञान प्राप्त करके अपने पिता के पास आ गए। अब तक भगवान राम अवतार ले चुके थे। एक मदारी द्वारा वह श्रीराम तक पहुँच गए और राम की सेवा तथा मनोरंजन करने लगे। भगवान राम तो सभी कुछ जानते थे। उन्होंने हनुमान से कहा कि मुझसे कोई बात छिपी नहीं है। मैं तुम्हारे रूप को भली-भाँति जानता हूँ, आगे चलकर जब मैं रावण से युद्ध करूँगा, तब मुझे तुम्हारी जरूरत होगी। मुझे वानर शक्ति ही सहायक होगी। परंतु रावण ने बाली को अपने विश्वास में लिया हुआ है, और हमारे चारों ओर शत्रुओं ने जाल बिछा लिया है। तुम ऋष्यमूक पर्वत पर जाकर सुग्रीव से दोस्ती करो तथा वानर सेना इकट्ठी करो ताकि रावण से युद्ध करने में मैं उनकी मदद ले सकूँ। इसके लिए शबरी तुम्हारी सहायता करेगी। तुम सुग्रीव को मुझसे मिलवाना।

भगवान राम की इस आज्ञा को मानकर हनुमान ऋष्यमूक पर्वत की ओर चले गए। उस पर्वत पर सुग्रीव बाली से डरकर छुपा बैठा था, क्योंकि बाली स्वयं शापित होने के कारण वहाँ नहीं आ सकता था। उस अरण्य पर्वत पर एक दिन दो सुंदर पुरुष साधु के वेष में पधारे, तो सुग्रीव डर गया और उसने हनुमान से प्रार्थना की कि वह वेष बदलकर पता करें कि वह दोनों पुरुष कौन हैं? कहीं बाली के द्वारा भेजे गए शत्रु तो नहीं हैं।

हनुमान ने तपस्वी का वेश बनाया तथा उन पुरुषों के पास गए और उनकी प्रशंसा के पुल बांधते हुए उनके बारे में जानना चाहा। हनुमान ने परिचय प्राप्त करने के लिए उनसे कहा कि आपके चेहरे पर जो तेज है उससे लगता है कि आप किसी राजकुल से संबंधित हैं। वास्तव में यह दोनों पुरुष

राम तथा लक्ष्मण थे। उन्होंने हनुमान की व्यंजनापूर्ण वाणी को सुना, तो दोनों ही एक-दूसरे को देखकर मुस्कराने लगे और हनुमान की समझदारी से प्रभावित हुए। उन्होंने बताया कि वह अयोध्या नरेश दशरथ के पुत्र राम तथा लक्ष्मण हैं। अपनी माता की इच्छा के अनुसार चौदह वर्ष के लिए वनवास के कारण वन में रह रहे हैं। यहाँ किसी राक्षस ने दशरथ की पुत्रवधू तथा राम की पत्नी सीता का अपहरण कर लिया है हम लोग उन्हीं को खोजने के लिए वन में घूम रहे हैं। जैसे ही उन दोनों ने अपना परिचय दिया, हनुमान अपने असली रूप में आ गए और भगवान राम के चरणों में गिर पड़े। वह अपने को अपराधी मान रहे थे, क्योंकि वह श्रीराम के सामने रूप बदलकर आए थे। इसलिए उनकी आंखों से आँसू बहने लगे। राम ने उन्हें अपने सीने से लगा लिया। हनुमान ने राम को सुग्रीव से मिलवाया।

राम और सुग्रीव की मित्रता हो गई और उन्होंने अग्नि को साक्षी मानकर एक-दूसरे को अपना मित्र बना लिया। जब बाली मारा गया तब सुग्रीव को वानरराज बना दिया गया। सुग्रीव ने वानर सेना इकट्ठी की तथा सीता की खोज में सबको लगा दिया। यह तो सभी को पता था कि रावण सीता को लेकर दक्षिण दिशा की ओर गया है, जैसा कि सीता के आभूषणों से पता चला, जो वह रास्ते में फेंकती गई थीं। सुग्रीव ने पूरी वानर सेना से कहा कि एक महीने के अंदर सीता का पता लग जाना चाहिए। वर्ना उन्हें कठोर दंड दिया जाएगा।

हनुमान के गुणों से तो राम परिचित थे ही। उन्होंने हनुमान से कहा कि जल, थल तथा नभ में तुम्हारी एक ही गति रहती है। संसार में ऐसा कोई नहीं जो तुम्हारी गति को रोक सके। तुम्हारे लिए कोई भी काम असंभव नहीं है। अतः सीता का पता तुम्हीं लगाओगे और अभी प्रस्थान करो तथा सीता का पता लगाकर ही लौटना। यह कहकर रामचन्द्र जी ने अपनी अंगूठी हनुमान को दी और कहा कि यह अंगूठी देखकर सीता समझ जाएगी कि तुम मेरे दूत हो। अंगूठी लेकर हनुमान चल दिए। हनुमान ने अपने साथ कुछ वीर भी ले लिए थे। हनुमान को सम्पाति के द्वारा सीता का पता लग गया था। हनुमान तथा

उनके साथी समुद्र तट पर एकत्र हुए। अब समस्या यह उठी कि सागर कौन पार करे। जब सभी ने अपनी असमर्थता जताई, तब हनुमान की ओर ही सबकी नजर उठ गई, क्योंकि वही जल, थल, वायु के समान गति से जा सकते थे। सबने उन्हें उनकी शक्ति याद दिलाई। जब उन्हें अपनी शक्ति को ज्ञात

हुआ तो वह बोले, "राम के लिए मैं समुद्र तो क्या कहीं भी जा सकता हूँ। यदि लंका में मुझे सीता न मिली तो में ब्रह्मलोक तथा स्वर्ग तक भी जा सकता हूँ। मेरा तो जन्म ही रामचन्द्र की सहायता तथा सेवा के लिए हुआ है।"

देवताओं को हनुमान के बल का तो ज्ञान था किंतु उनकी दोबारा मिली शक्ति और बुद्धि पर भरोसा नहीं था। वह समझते थे कि वह बली तो है पर कूटनीति से अंजान है। अतः उनकी परीक्षा के लिए उन्होंने दक्ष पुत्री सुरसा को भेजा गया। जब हनुमान समुद्र के रास्ते लंका जा रहे थे, तो रास्ते में वह दक्षपुत्री हनुमान के सामने आई और उनसे कहा कि वह उनको खाना चाहती है। हनुमान ने कहा कि पहले मैं श्रीराम का काम कर लूँ, फिर आप मुझे आहार बना लेना। परंतु वह इसके लिए तैयार नहीं हुई। तब हनुमान ने कहा कि तुम अपना मुख खोलो और बढ़ाती जाओ मैं उसमें तुम्हारे आहार के लिए घुस जाऊँगा। वह अपना मुख फैलाने लगी। वह जितना ही मुख फैलाती, हनुमान अपना आकार उससे अधिक कर लेते। वह और भी मुख फैला लेती। ऐसे करते-करते उसने सौ योजन का मुँह फैला लिया, तब हनुमान ने अपना छोटा-सा रूप बना लिया और उसके मुँह में जाकर निकल आए। हनुमान के बुद्धि कौशल को देखकर सुरसा बहुत खुश हुई। उसने उन्हें लक्ष्य की प्राप्ति का आशीर्वाद दिया और चली गई। उधर देवता हनुमान से बहुत खुश हुए।

हनुमान ने अपना सूक्ष्म रूप बनाया और लंका में पहुँच गए। वह लंका में जाकर प्रत्येक परिस्थिति का अवलोकन कर रहे थे और उन्हें सीता की खोज भी थी। जिससे वह राम की अंगूठी देकर उनका समाचार प्राप्त कर सके। वह लंका के अस्त्रागार, तथा छावनी आदि सभी देख आए, वहाँ पर उन्हें एक घर दिखा, जहाँ पर श्रीराम लिखा था। वह वहाँ गए तो उनकी मुलाकात विभीषण से हुई। हनुमान को विभीषण के हृदय में श्रीराम का निवास प्रतीत हुआ। उन्होंने सीताहरण के बारे में विभीषण से कहा और उनसे सहायता माँगी। विभीषण के बतलाने पर ही हनुमान अशोक वाटिका गए और वहाँ पर सीता जी से मिले। उन्होंने राम की दी हुई अंगूठी भी सीता जी को दी और उनका

कुशलक्षेम पूछा। सीता ने उनसे कहा कि राम से जाकर कह दो कि वह जल्दी-से-जल्दी रावण से युद्ध करके मुझे ले जाएँ। मैं उनके बिना बहुत दुःखी हूँ।

हनुमान ने लंका में तहलका मचा दिया। अनेकों वृक्ष बर्बाद कर दिए। जगह-जगह तोड़-फोड़ कर दी। परेशान होकर रावण ने अपने बेटे मेघनाद को ब्रह्मपाश लेकर हनुमान को लाने के लिए भेजा। हनुमान राम की महिमा रावण को सुनाना चाहते थे। इसलिए खुद ही ब्रह्मपाश में बंध गए और उन्हें रावण के महल में ले जाया गया। रावण ने हनुमान से पूछा कि तू कौन है? किसने तुझे यहाँ भेजा है और तू क्या चाहता है? तुझे अपने इस कृत्य का दंड पता है या नहीं? हनुमान ने बताया कि जो तुम्हारे जैसे राक्षसों को दंड देने के लिए इस संसार में आए हैं। मैं उन्हीं अयोध्यावासी राम का दूत हूँ। तुम उनकी शक्ति से भली-भाँति परिचित हो, मैं तुमसे कहता हूँ कि तुम सीता को सकुशल राम को वापस कर दो और अपने इस अपावन कृत्य के लिए क्षमा-याचना कर लो। वह इतने दयालु हैं कि तुम्हें क्षमा कर देंगे। वरना राम के क्रोध से तुम बच नहीं पाओगे। तुम्हारी मृत्यु उनके ही हाथों होगी।

हनुमान की बात सुनकर घमंडी रावण बहुत क्रोधित हुआ और उसने सेवकों से कहा कि इस वानर को मार डालो। इस पर हनुमान ने अपनी पूंछ को खूब लंबी करके उसमें उन लोगों को लपेट-लपेटकर जमीन पर पटक दिया। तब रावण ने आज्ञा दी कि इसकी पूंछ में आग लगा दी जाए। इस पर उन लोगों ने लंकापति की आज्ञा से हनुमान की पूंछ में आग लगा दी। वह अपनी पूंछ में लगी आग के साथ ही पूरे नगर में घूमे जो सभी के लिए हास्य तथा विस्मय कारक था। हनुमान ने इसका फायदा उठाया और अपनी पूंछ की आग से लंका को ध्वस्त करने के लिए एक महल से दूसरे महल पर कूद-कूदकर उसे भस्म करते रहे। लंका धूँ-धूँ कर जलने लगी। फिर वह समुद्र में कूद पड़े और आग को बुझाकर सीता जी के पास आए। उन्होंने सीता जी से कहा कि भगवान राम ने तो आपको अंगूठी भेजी अब आप भी उनके लिए कुछ भेजें ताकि मैं

जाकर बता सकूँ कि मैं आपसे मिलकर आया हूँ। ऐसा सुनकर सीता जी ने अपनी चूड़ामणि राम के लिए भेजी। उनके चरण स्पर्श करके हनुमान चले गए।''

हनुमान राम के परमभक्त थे। उन्हें हर जगह राम के दर्शन होते थे। वह राम में लीन रहते थे। राम तथा रावण में भयंकर युद्ध हुआ। उसमें हनुमान ने भी अनेक राक्षसों का वध किया। मेघनाद से युद्ध करते समय लक्ष्मण को भयंकर शक्ति बाण लग गया। वह एक प्राकृतिक वन्य औषधि से ही ठीक हो सकते थे। राम, लक्ष्मण के शक्ति लगने से बहुत व्याकुल हो गए। तब वैद्य सुषेण ने बताया कि संजीवनी से ही लक्ष्मण ठीक हो सकते हैं। और उसकी पहचान के तौर पर बताया कि वह सबसे अधिक चमकती होगी। हनुमान जब पर्वत पर पहुँचे, तो वहाँ सभी जड़ी-बूटियाँ चमकती दिखीं। असमंजस की स्थिति में हनुमान पर्वत ही उठा लाए।

वैद्य ने औषधि ढूँढकर लक्ष्मण का इलाज किया। वह पूरी तरह ठीक हो गए। राम रावण युद्ध में राम विजयी हुए।

चौदह वर्ष का वनवास काटकर राम वापस अयोध्या लौटे। अयोध्या में राम का राज्याभिषेक हुआ, उसमें उन्होंने सभी को कीमती उपहार दिए। राम ने अपने हाथों से सुग्रीव, विभीषण आदि को रत्नाभूषण दिए। परंतु हनुमान को कुछ नहीं दिया। सबके लिए यह विस्मयकारक था। परंतु सीता जी इस रहस्य को जानती थीं, उन्होंने अपना रत्नों से जड़ा हुआ कंठहार हनुमान को दिया। उसका एक-एक मोती हनुमान तोड़-तोड़कर फेंक रहे थे। सबने पूछा ऐसा क्यों कर रहे हो? तो हनुमान ने कहा कि जिसके हृदय में राम नहीं वह वस्तु मेरे लिए बेकार है और वह हर मोती के बीच में राम को ही ढूंढ़ रहे थे। राम ने सभी को काम का बंटवारा कर दिया था। हनुमान के लिए कोई काम नहीं बचा था। सो हनुमान ने निश्चित किया कि जब प्रभु उबासी लेंगे, तब मैं चुटकी बजाऊँगा। इस प्रकार चाल चलकर हनुमान जी ने हमेशा के लिए राम के पास रहने की योजना बना ली, क्योंकि उबासी तो कभी भी आ सकती है।

# भक्त प्रह्लाद

हिरण्याक्ष और हिरण्यकशिपु दो भाई थे। वह दिति के पुत्र थे। हिरण्यकशिपु बहुत ही घमंडी राजा था। यद्यपि वह ज्ञानी था परंतु उसके अहंकार ने उसके ज्ञान के ऊपर विजय प्राप्त कर ली थी। उसका विवेक उसके अहंकार को न मार सका। उसका अहंकार इस हद तक बढ़ गया कि वह खुद को भगवान मानने लगा और अहंकार के नशे में ईश्वर के अस्तित्व को नकारने लगा। अभिमान तथा अंहकार उसके रोम-रोम में समाया हुआ था। उसका व्यवहार ऐसा था कि जिससे देवों को, ज्ञानी पुरुषों को तथा सभी अन्य लोगों को कष्ट होता था।

जब उसने अपने भाई की हत्या की खबर सुनी, तब वह विष्णु जी से बदला लेने के लिए बेचैन हो गया। वह विष्णु जी से युद्ध करने के लिए अपने अंदर शक्ति का अविर्भाव करना चाहता था और वह जानता था, जब तक उसे अमर रहने का वरदान प्राप्त नहीं होगा वह विष्णु जैसे देवता से युद्ध में जीत नहीं पाएगा। इसीलिए अमर रहने के वरदान की प्राप्ति करने वह तप के लिए चला गया। उसकी पत्नी का नाम कयाधु था। उसने पूछा कि स्वामी आप कब तक लौटेंगे, इस पर उसने उसे अनिश्चित उत्तर दिया कि मेरे आने का कोई समय तय नहीं है, जब तक तप से मुझे सिद्धियाँ प्राप्त नहीं होंगी मैं तब तक घर नहीं आऊँगा। यह कहकर वह मन्दिरांचल पर्वत की ओर चला गया। वहाँ जाकर वह तपस्या करने लगा।

उसकी तपस्या का उद्देश्य जानकर समस्त देवताओं ने बृहस्पति जी से प्रार्थना की कि वह हिरण्यकशिपु की तपस्या सफल न होने दें। बृहस्पति जी ने इस आशय से वहाँ प्रस्थान किया, जहाँ हिरण्यकशिपु तपस्या कर रहा था। वह मंदिरांचल पर्वत के उस वृक्ष पर तोते का रूप धारण करके बैठ गए। जिसके

नीचे हिरण्यकशिपु तप कर रहा था। बृहस्पति जी उस वृक्ष पर बैठकर 'नारायण' 'नारायण' कहने लगे। हिरण्यकशिपु विष्णु का नाम वो भी इतनी श्रद्धा से सुनने पर गुस्से से पागल हो गया। और उन्होंने सोचा कि यह शुभ मुहूर्त तथा लक्षण नहीं है अतः वह घर लौट आया। उनकी पत्नी कयाधु ने जब अपने पति को शाम को ही घर आते देखा, तो मन में प्रश्न उठा कि पूछूँ इतनी जल्दी कैसे आए, परंतु उसके क्रूर स्वभाव से डरकर प्रश्न उनके मन में ही बना रहा। शंका का निवारण तो करना ही था। इसीलिए अपने पति की प्रशंसा के पुल बांधने लगी। जानती थी कि अहंकारी तथा घमंडी व्यक्ति प्रशंसा के आगे विचार करना बंद कर देता है। उचित समय देखकर कयाधु ने जल्दी लौटने का कारण पूछा, तो हिरण्यकशिपु ने पत्नी को बताया कि अपशकुन हो जाने के कारण मैं लौट आया। पत्नी ने पूछा कि कैसा अपशकुन? तब हिरण्यकशिपु ने उसे बताया कि मैं तो विष्णु को मारने के लिए तप कर रहा था और एक तोता वृक्ष पर बैठा उन्हीं के नाम का जाप कर रहा था। कहता था 'नारायण' 'नारायण' पत्नी ने पति के मुख से श्री हरि का नाम सुना तो बहुत खुश हुई। वह उसे सही रास्ते पर लाना चाहती थी। उसने इसी प्रकार बार-बार अपने स्वामी से विष्णु जी के नाम का उच्चारण एक सौ आठ बार करवा लिया। हिरण्यकशिपु ने जब विष्णु जी के नाम का उच्चारण किया था उसी समय कयाधु के गर्भ ठहर गया। उस बालक का नाम प्रह्लाद रखा गया। गर्भ धारण के समय माता-पिता में विष्णु चर्चा हो रही थी, इसीलिए प्रह्लाद भगवद् भक्त हुआ। जिस प्रभु को ईश्वर मानने से प्रह्लाद के पिता इनकार करते थे, उसी के रंग में प्रह्लाद ने अपने को रंग लिया।

अपनी गर्भवती पत्नी को छोड़कर हिरण्यकशिपु तप करने चला गया। उसने कठोर तपस्या की। उसकी तपस्या से खुश होकर ब्रह्मा जी प्रगट हुए। तप करते-करते वह पूरी तरह मिट्टी तथा पत्तों से ढक गया था। ब्रह्मा जी ने ही उस पर से धूल और पत्ते हटाए और उसकी इच्छा जाननी चाही। ईश्वर तो अपने भक्तों से बहुत प्रसन्न रहते हैं। जो उनकी भक्ति करता है उसे मन चाहा

वर देते हैं। हिरण्यकशिपु ने ब्रह्मा जी से अमर रहने का वरदान मांगा। ब्रह्माजी असमंजस में पड़ गए। क्योंकि कोई भी प्राणी जिसने जन्म लिया है, उसका मरना निश्चित है। परंतु भक्त की भक्ति के आगे उन्हें झुकना पड़ा और उन्होंने कहा कि तुम न दिन में मरोगे न रात में, न पशु के द्वारा मरोगे न मनुष्य के द्वारा, न अस्त्र से न ही शस्त्र से तुम्हारी मृत्यु होगी।

ब्रह्मा जी से अपनी अमरता का वरदान पाकर हिरण्यकशिपु और भी निरंकुश हो गया। अब तो उसे मृत्यु का भी भय नहीं रहा। वह मनमाना अत्याचार करने लगा। ब्रह्मा जी के हिरण्यकशिपु को वरदान देने से सभी देवता भयभीत हो गए और ब्रह्मा जी से कहा कि आप ये क्या कर बैठे? अब वह इतना शक्तिशाली हो गया है कि सभी देवगण उससे पराजित हो जाएँगे। इस पर ब्रह्मा जी ने देवों को आश्वासन दिया, "जब हिरण्यकशिपु का पुत्र प्रह्लाद बड़ा होगा और यह उसकी हत्या करने की कोशिश करेगा, तब मैं अवतार लेकर इसका वध करूँगा।"

जब प्रह्लाद पाँच वर्ष का हुआ तो हिरण्यकशिपु ने शंडामर्क को प्रह्लाद की राजनीतिक शिक्षा का भार सौंपा। उन्होंने शंडामर्क से कहा कि उसे पूरी तरह राजनीति की शिक्षा प्रदान करें। प्रह्लाद अपने गुरु के यहाँ गए तो थे राजनीति की शिक्षा पाने परंतु उनका मन तो प्रभु भक्ति में रंगा हुआ था। उन्हें राजनीति में जरा भी रुचि नहीं थी। वह एक तरह से संसार से विरक्त थे और प्रभु भक्ति में ही लीन थे। वह गुरु की बातें सुनते तो थे परंतु उस पर जरा भी विचार नहीं करते थे। एक दिन हिरण्यकशिपु ने प्रल्हाद को गोद में लेकर उसकी शिक्षा के बारे में पूछा, तो उसने प्रभु महिमा का बखान करना शुरू कर दिया। इस पर हिरण्यकशिपु उससे बहुत नाराज हुआ और गुरु को डांटा कि किस प्रकार की शिक्षा बालक को दे रहे हो? शंडामर्क ने कहा कि मैंने इसे इस प्रकार की शिक्षा कभी नहीं दी, वह तो मात्र राजनीति की शिक्षा ही देते रहे हैं। उन्होंने गुरु को चतावनी दी कि प्रह्लाद को राजा बनना है अतः उसे केवल राजनीति की ही शिक्षा दी जाए। यह निर्देश पाकर गुरु चले गए।

दूसरे दिन उन्होंने प्रह्लाद से पूछा कि मैंने तो तुम्हें सिर्फ राजनीति की शिक्षा दी, फिर तुम ऐसी बातें कहाँ से सीखे। प्रह्लाद ने बताया कि वैसे तो भक्ति रंग में रमने के लिए गुरु ही रास्ता दिखाता है परंतु जब किसी पर भगवान खुश होते हैं, तो भक्त अपने-आप ही भक्ति के रंग में रंग जाता है। गुरु प्रह्लाद की बातें सुनकर हैरान रह गए। उन्होंने उसके विचारों को बदलने की लाख कोशिश की, पर जिस पर भक्ति का रंग चढ़ जाता है उस पर फिर किसी और का रंग नहीं चढ़ता।

थोड़े दिन बाद फिर हिरण्यकशिपु ने प्रह्लाद से पूछा कि तुम्हारी शिक्षा में क्या उन्नति हुई है? तो प्रह्लाद ने प्रसन्नतापूर्वक उत्तर दिया कि विष्णु भगवान की भक्ति के नौ प्रकार हैं। यह नवधा भक्ति होती है इसमें भजन, कीर्तन, गुणगान, अर्चना, पूजा, वंदना, आत्म-निवेदन, चरण सेवा आदि हैं। भगवान के प्रति समर्पण भाव से ही यह नवधा भक्ति करना सर्वोत्तम है। भक्ति से मन को खुशी मिलती है और खुशी से जीवन में आनंद आता है। इतना सुनते ही हिरण्यकशिपु ने प्रह्लाद को अपनी गोद में से जमीन पर फेंक दिया। उन्होंने अपने सेवकों से कहा कि यह मेरे शत्रु की भक्ति करता है, इसलिए इसे मारो, यह मारे जाने योग्य है। राजा के सेवकों ने प्रह्लाद को बहुत मारा, परंतु उनका हर वार प्रह्लाद को फूल जैसा प्रतीत हो रहा था। वह भगवद्‌भक्ति के कारण निर्भय था। उसे जरा भी दर्द नहीं हो रहा था। हिरण्यकशिपु ने उसे कालकोठरी में डलवा दिया और अन्न, पानी बंद करा दिया। पर वह तो उसमें भी प्रसन्न था। यहाँ एकान्त में उन्हें ईश्वर का स्मरण करने में आनंद प्राप्त हो रहा था। इस कालकोठरी में लक्ष्मी जी ने उनको प्रसाद खाने को दिया।

हिरण्यकशिपु के सेवक यह देखकर हैरान थे कि वह लगातार पहरे पर हैं फिर प्रह्लाद को भोजन कैसे मिला? उन्होंने यह बात हिरण्यकशिपु को जाकर बताई तो वह वहाँ आया और बड़े प्यार से अपने बेटे से पूछा कि तुम्हें खाना किसने दिया? प्रह्लाद ने निर्भीक होकर बताया कि जिसने गर्भ के भीतर मेरा पालन-पोषण किया और मुझे भोजन दिया, वही यहाँ भी भोजन दे रहा है

अर्थात् प्रभु ही मेरे पालनहार हैं। हिरण्यकशिपु को उसकी इस बात पर बड़ा गुस्सा आया। उसने प्रह्लाद को मारने की अनेकों कोशिशें कीं और चाहा कि उसके मुख से कहला सकें कि वह प्रभु विष्णु से भी ऊँचा है, परंतु प्रह्लाद को अपने को भक्तिरंग में रंग चुका था, सो वह विष्णु की ही महिमा गा रहा था।

गुरु के आश्रम में भी प्रह्लाद ने सभी बालकों में भक्ति का रंग भरना शुरू कर दिया। बालक प्रह्लाद का अनुकरण करके, 'हरे रामा हरे रामा, रामा रामा, हरे हरे' का कीर्तन करने लगे। बालक आनन्दित होकर प्रभु का कीर्तन कर रहे थे कि शंडामर्क आ गए। उन्होंने प्रह्लाद से ऐसा करने को मना किया किंतु थोड़ी ही देर में प्रह्लाद की दिव्य शक्ति से प्रभावित हो गए और खुद भी कीर्तन करके नाचने लगे। गुरु जी ही नहीं राजा के जितने भी सेवक थे, सभी उन्हें मना करने की बजाय मग्न होकर कीर्तन के साथ नाचने लगे। इतने में हिरण्यकशिपु स्वयं वहाँ आया और वहाँ का दृश्य देखकर आगबबूला हो गए। उन्होंने उसने प्रह्लाद से कहा कि जगत में मेरे सिवाय कोई ईश्वर नहीं है, तू विष्णु को मुझसे ऊँचा मानकर उनका कीर्तन कर रहा है। मैं तुझे मार डालूँगा। तू मेरा पुत्र नहीं, मेरा शत्रु है। अब मैं तुम्हें मारकर ही छोड़ूँगा।

हिरण्यकशिपु की बहन थी होलिका। उसे एक वस्त्र वरदान स्वरूप मिला था, जिसे अग्नि जला नहीं सकती थी। हिरण्यकशिपु ने अपनी बहन से कहा कि वह प्रह्लाद को गोद में लेकर अग्नि के ढेर पर बैठे, इससे प्रह्लाद तो जल जाएगा और वरदान के कारण वह नहीं जलेगी। परंतु हुआ बिल्कुल उलटा। होलिका तो अग्नि में जलकर राख हो गई, परंतु प्रह्लाद बच गया। जब यह योजना भी प्रह्लाद को मारने में सफल नहीं हुई, तो प्रह्लाद को पहाड़ से नीचे फेंका गया। परंतु नीचे प्रभु ने उसे अपने बाजुओं में संभाल लिया।

हिरण्यकशिपु बहुत विचलित था कि वह प्रह्लाद का क्या करें जिससे वह विष्णु का नाम लेना ही बंद कर दे। एक दिन शाम के समय अपने दरबार में बैठकर उसने कहा कि तू यदि कहता है कि तेरे भगवान तेरी सहायता करते हैं, तो दिखा वह कहाँ हैं? प्रह्लाद ने उत्तर दिया कि वह तो हर जगह हैं, मेरे प्रभु सर्व

व्यापक हैं वह मुझमें हैं और आप में भी हैं। यदि वह न हों, तो आप कैसे कोई काम कर पाते।

हिरण्यकशिपु क्रोध से उन्मत्त हो गया और बोला कि यदि तुम्हारा प्रभु सर्वत्र है तो इस खम्भे में भी होगा। प्रह्लाद बोला कि अवश्य होगा। संसार की प्रत्येक वस्तु में उसका वास है। इतना सुनते ही अहंकारी हिरण्यकशिपु ने जोर से खंभे पर तलवार से वार किया। खम्भा जैसे ही टूटा उसमें से नृसिंह भगवान गुरु गुरु बोलते हुए प्रकट हो गए। उनका शरीर मनुष्य का था परंतु मुख सिंह का था इसी कारण उन्हें नृसिंह कहा जाता है। उन्होंने हिरण्यकशिपु पर आक्रमण कर दिया और हाथ बढ़ा कर उसे गोद में उठा लिया और कहा कि देख अहंकारी राजा यह न दिन है न रात न धरती है न आकाश, मैं अपनी जांघ पर रखकर तुझे मारूँगा। मैं तुझे अस्त्र-शस्त्र से नहीं अपितु अपने नाखूनों से मारूँगा। यह कहकर नृसिंह भगवान ने उस घमंडी राजा को अपने नाखूनों से चीर कर मार डाला।

इस प्रकार झूठे अहंकार के कारण हिरण्यकशिपु मृत्यु को प्राप्त हुआ। उसे ईश्वर होने का जो नशा था वह नष्ट हो गया।

# कृष्ण-सुदामा की मित्रता

सान्दीपनि गुरु के पास दो मित्र शिक्षा ग्रहण कर रहे थे। एक का नाम कृष्ण था, जो यादव वंश के थे और दूसरे का नाम सुदामा था। ये ब्राह्मण कुल से थे। दोनों का ही एक-दूसरे से, गहरा प्रेम था। जितना प्रेम सुदामा कृष्ण से करते थे, उतना ही प्रेम कृष्ण को भी सुदामा से था। सुदामा बहुत ही चरित्रवान और ज्ञानी थे। वह सभी तरह की मोह-माया से ऊपर उठ चुके थे। फिर भी समय आने पर उनका विवाह हुआ। अपना गृहस्थ जीवन वह बड़ी गरीबी में गुजार रहे थे। विद्वान होने पर भी उनका जीवन स्तर बहुत नीचा था। सरस्वती की कृपा तो उन पर थी परंतु लक्ष्मी की कृपा नहीं थी। उनकी पत्नी सुशीला एक सदाचारिणी तथा पतिव्रता स्त्री थी। अपने स्वामी के साथ गरीबी में भी वह बहुत सुखी थी। उनके पास पहनने को कपड़े भी पर्याप्त नहीं होते थे। कभी-कभी तो उनके घर चूल्हा भी नहीं जलता था और उन्हें भूखे ही सोना पड़ता था। परंतु सुदामा जो भी मिल जाता उसी में संतुष्ट रहते थे।

सुशीला अपने पति के साथ इस गरीबी में भी खुशी से रह सकती थी परंतु बच्चों को भूख से तड़पते नहीं देख सकती थी। वह जानती थी कि श्रीकृष्ण जो द्वारिका के राजा हैं, वह उनके बचपन के मित्र हैं। उन्होंने उसी आधार पर अपने पति से कहा, "स्वामी आपके मित्र, साक्षात् लक्ष्मीपति हैं और अपार सम्पत्ति के स्वामी हैं उनकी ब्राह्मणों पर विशेष कृपा रहती है। अतः आप उनके पास जाकर अपनी आर्थिक स्थिति को बताइए, ताकि वह हमारी मदद कर सकें।" यह बात सुदामा को अच्छी लगी। महाज्ञानी, जितेन्द्रिय सुदामा जी कृष्ण के सखा जरूर थे परंतु उन्हें यह बिल्कुल पसंद नहीं था कि वह कृष्ण से कुछ भी माँगें। उनका स्वाभिमान उन्हें रोक रहा था। लेकिन कहते हैं कि पत्नी जब जिद पर आ जाती है, तो पति को झुकना ही पड़ता है। अतः अधिक

आग्रह करने पर वह श्रीकृष्ण भगवान के पास जाने के लिए तैयार हो गए। उनकी पत्नी सुशीला पड़ोस से चार मुट्ठी कृष्ण को देने के लिए चिवड़ा माँग लाई। चलते-चलते सुदामा ने अपनी पत्नी को कहा कि मैं कृष्ण के दरबार में जा रहा हूँ, वहा पर सभी यह कहेंगे कि ब्राह्मण भीख माँगने आ गया। मैं तो परमात्मा से भी कुछ नहीं माँगता हूँ। हाँ, तुम्हारे आग्रह से मैं जा रहा हूँ, पर केवल अपने बाल सखा कृष्ण के दर्शन करने।" सुशीला मन ही मन दुःखी तो थी कि बिना पति की इच्छा के उसने उन्हें कृष्ण के पास भेज दिया परंतु वह भी विवश थी। सुदामा के जाने के बाद वह उनके लिए परमात्मा से प्रार्थना करने लगी, क्योंकि वह पौष शुक्ल सप्तमी का दिन था। वातावरण में इतनी ठंडक थी कि पर्याप्त वस्त्र पहनने पर भी कंपकंपी छूट रही थी और सुदामा के पास तो तन ढंकने के लिए भी पूरे कपड़े नहीं थे।

सुदामा भूखे प्यासे नंगे पैर अपने बचपन के मित्र प्रभु श्रीकृष्ण से मिलने चले जा रहे थे। उनका शरीर भी थक गया था। वह किसी तरह द्वारिका पहुँच गए। वह द्वारिका की भव्यता देख कर चकित से हो रहे थे। और श्रीकृष्ण जी के महल का तो कहना ही क्या था। महल सोने-सा जगमगा रहा था। कहीं भी नजर ठहर नहीं रही थी। वह हैरानी से चारों ओर गर्दन घुमा-घुमा कर महल को देख रहे थे। उन्हें इस दीन-हीन अवस्था में महल को निहारते देखकर द्वारपाल ने उन्हें द्वार पर ही रोका और पूछा, "आप किससे मिलना चाहते हैं?"

सुदामा ने बताया, "मैं द्वारिकाधीश से मिलना चाहते हूँ।"

"आप द्वारिकाधीश से क्यों मिलना चाहते हो?"

" कृष्ण से कह दो कि उनका मित्र सुदामा उनसे मिलने आया है?"

द्वारपाल ने उन्हें ऊपर से नीचे तक देखा, फिर वह संदेश कहने श्रीकृष्ण के पास चला गया। उस समय श्रीकृष्ण अपनी पत्नी रानी रुक्मणि के साथ बैठे थे। जैसे ही उन्होंने सुना वह सुदामा का स्वागत करने दौड़ते हुए नंगे पाँव बाहर आए और सुदामा को अपने गले लगाया और फिर उन्हें अपने कक्ष में ले गए। उन्हें अपने मित्र की ऐसी दीन दशा देखकर बहुत दुःख हुआ। रानियों ने

सोचा कि कृष्ण खुद दौड़कर जिनका स्वागत करने गए थे निश्चय ही वह विशेष होंगे, लेकिन सुदामा को देखकर उन्हें अचम्भा हुआ।

रानी रुक्मणी चरण धोने के लिए थाल ले आईं। भगवान कृष्ण स्वयं ही सुदामा के चरण धोने बैठ गए और उनके पैर की हालत देखकर बहुत दुःखी

हुए और रो पड़े। नंगे पैर चलकर आने के कारण सुदामा के पैरों में अनेकों काँटे लगे थे, जिन्हें श्रीकृष्ण अपने हाथों से निकाल रहे थे? सुदामा को संकोच हो रहा था कि तीनों लोक का स्वामी उनके चरण धो रहा है। वह कहने लगे कि वह तो आ नहीं रहे थे परंतु सुशीला ने ही मुझे आग्रह करके यहाँ भेजा। यहाँ पर तुम्हारा राज्य वैभव देखकर मन बहुत खुश हो गया है। श्रीकृष्ण ने सुदामा से पूछा कि क्या भाभी ने मेरे लिए कुछ भी नहीं भेजा? सुदामा अपने साथ लाए हुए चिवड़ों की पोटली को छिपाने लगे। यह श्रीकृष्ण ने देख लिया और उस पोटली को छीनकर एक मुट्ठी चिवड़ा अपने मुँह में डाल लिया। फिर दूसरी मुट्ठी भरकर अपने मुँह में डाल ली, वह तीसरी मुट्ठी उठाने ही जा रहे थे कि रुक्मणी ने उन्हें रोक दिया और कहा कि स्वामी अपने लिए तो कुछ रोक लो!

श्रीकृष्ण सुदामा से गुरुकुल की बातें करते रहे। कृष्ण भगवान ने उन्हें याद दिलाया कि आश्रम में रहते हुए एक दिन दोनों जंगल से लकड़ी लेने गए थे, तो मूसलाधार बारिश होने लगी। इसी बीच सूर्य अस्त होने से अंधकार हो गया और पृथ्वी पर चारों ओर जल दिखाई देने लगा। हम लोग भटक गए थे और पानी के कारण पृथ्वी के गड्ढे भी नहीं दिखाई दे रहे थें इसीलिए हम लोग एक पेड़ पर चढ़ गए थे। द्वारिकाधीश के इस प्रकार प्रसंग छेड़ने पर सुदामा कहने लगे कि जो वेद, धर्म के मूल स्रोत हैं, वह आप वेदों का अध्ययन करने के लिए गुरुकुल में रह रहे थे यह आपकी लीला का ही एक रूप है। हाँ, मैं बड़ा सौभाग्यशाली हूँ कि वहाँ पर मुझे आपके साथ रहने का अवसर मिला। सुदामा ने अपनी गरीबी की बात कृष्ण से नहीं कही। परंतु कृष्ण तो अंतर्यामी थे। उन्होंने भी सुदामा को जो ऐश्वर्य दान दिया था उसकी बात उन्हें नहीं बताई। दूसरे दिन सुदामा अपने गाँव जाने की तैयारी करने लगे। सुदामा अपने घर की ओर जाते हुए रास्ते में श्रीकृष्ण के बारे में ही सोचते चले जा रहे थे कि वह कितने महान हैं तथा ब्राह्मणों का कितना आदर करते हैं। उन्होंने एक रात श्रीकृष्ण जी के महल में बिताई। उन्हें इतनी सुख-सुविधा मिली कि उन्हें लगा जैसे स्वर्ग का सुख मिल गया हो। जब अपने गाँव पहुँचे तो उन्हें ऐसा लगा कि

वह किसी और नगरी में आ गए हैं। वह अपना गाँव ढूँढ़ते रहे परंतु वहाँ तो उनके गाँव तथा झोंपड़ी का नामोनिशान भी नहीं था। एक बहुत बड़ा महल उन्हें दिखलाई पड़ा जो रत्नों से जड़ा था। महल के चारों ओर मनमोहक बाग बने हुए थे, जिनमें विभिन्न प्रकार के पक्षी कलरव कर रहे थे। यह देखकर वह हैरान हो गए कि यह क्या दिखाई पड़ रहा है। यह भ्रम है या सत्य है। गाजे-बाजे के साथ सुदामा का स्वागत हुआ। उन्होंने अपनी पत्नी सुशीला को देखा, तो उन्हें और भी आश्चर्य हुआ क्योंकि वह बहुमूल्य वस्त्र धारण किए थीं और उनका तन सोने, चांदी तथा रत्नों से जड़े गहनों से सुशोभित था। वह देखने में इतनी सुंदर लग रही थीं कि मानो स्वयं कोई देवी हो। सुदामा को देखते ही सुशीला की आँखों से आँसू बहने लगे उन्होंने अपने पति के पैरों की धूल अपने माथे पर लगाई। उन्होंने अपनी पत्नी के साथ महल में प्रवेश किया। अपने इस महल को देखकर उन्हें ऐसा लग रहा था मानो देवराज इंद्र का महल हो। उन्हें इस चमत्कार का कारण समझ नहीं आ रहा था। फिर वह तुरंत समझ गए कि यह सब महिमा यदुवंशी भगवान श्रीकृष्ण की कृपा के अतिरिक्त और कुछ नहीं हो सकती। यह सब उन्हीं की करुणा की देन है। शायद उन्होंने मेरे मन का भाव जान लिया था। उनका सिर श्रद्धा से झुक गया। वह मन-ही-मन सोचने लगे कि मुझे धन सम्पदा कहाँ चाहिए थी मुझे तो सिर्फ कृष्ण की कृपा चाहिए थी। वह जानते थे कि यद्यपि भगवान कृष्ण तीनों लोकों के स्वामी हैं तथापि किसी की भी सेवा तथा प्रेमभाव से वह प्रसन्न हो जाते हैं तथा सर्वशक्तिमान होते हुए भी ब्राह्मणों को तो अपना इष्टदेव मानते हैं। केवल दो मुट्ठी चिवड़ों के बदले उन्होंने सुदामा को दो लोकों का राज्य दिया था। इसीलिए जब वह तीसरी मुट्ठी चिवड़े को उठा रहे थे तब रुक्मणी ने उनका हाथ रोक लिया था। वरना शायद वह सभी चिवड़े खाकर उनको तीनों लोकों का राज्य दे देते। भगवान श्रीकृष्ण अगर किसी के अधीन हैं, तो वो है प्रेम। भक्ति से ही उन्हें पाया जा सकता है। उनकी कृपा का प्रसाद पाकर सुदामा अपनी पत्नी के साथ सुख से रहने लगे।

# बालाजी तिरुपति की कथा

एक बार धरती पर विश्व कल्याण हेतु यज्ञ का आयोजन किया गया। तब समस्या उठी कि यज्ञ का फल ब्रह्मा, विष्णु, महेश में से किसे अर्पित किया जाए। इनमें से सर्वाधिक उपयुक्त का चयन करने हेतु ऋषि भृगु को नियुक्त किया गया। भृगु ऋषि पहले ब्रह्माजी और तत्पश्चात महेश के पास पहुँचे, किन्तु उन्हें यज्ञ फल हेतु अनुपयुक्त पाया। अंत गें वे विष्णुलोक पहुँचे। विष्णुजी शेष शय्या पर लेटे हुए थे और उनकी दृष्टि भृगु पर नहीं जा पाई। भृगु ऋषि ने आवेश में आकर विष्णु जी के वक्ष पर ठोकर मार दी। अपेक्षा के विपरीत विष्णु जी ने अत्यंत विनम्र होकर उनका पाँव पकड़ लिया और नम्र वचन बोले, "हे ऋषिवर! आपके कोमल पाँव में चोट तो नहीं आई?"

विष्णुजी के व्यवहार से प्रसन्न भृगु ऋषि ने यज्ञफल का सर्वाधिक उपयुक्त पात्र विष्णुजी को घोषित किया। उस घटना की साक्षी विष्णुजी की भार्या लक्ष्मीजी अत्यंत क्रुद्ध हो गई कि विष्णुजी का वक्ष स्थान तो उनका निवास स्थान है और वहाँ धरतीवासी भृगु को ठोकर लगाने का किसने अधिकार दिया? उन्हें विष्णुजी पर भी क्रोध आया कि उन्होंने भृगु को दंडित करने की अपेक्षा उनसे उल्टी क्षमा क्यों माँगी?

परिणामस्वरूप लक्ष्मीजी विष्णुजी को तत्काल त्याग कर चली गई। विष्णुजी ने उन्हें बहुत ढूँढा, किन्तु वे नहीं मिलीं।

अंततः विष्णुजी ने लक्ष्मी को ढूँढते हुए धरती पर श्रीनिवास के नाम से जन्म लिया और संयोग से लक्ष्मी ने भी पद्मावती के रूप में जन्म लिया। दोनों का विवाह हुआ। लेकिन विवाह संस्कार भी आसानी से संपन्न नहीं हुआ था। तिरुपति बालाजी का पावन मंदिर आज विश्व का सबसे धनवान मंदिर माना जाता है। धन-संपदा के मामले में इसने वेटिकन सिटी और मक्का-मदीना को भी पछाड़ दिया है। लेकिन यह एक पौराणिक एवं ऐतिहासिक सच्चाई है कि भगवान बालाजी का रोम-रोम ऋण में डूबा हुआ है! क्या आप जानते हैं कि अपने विवाह संस्कार के लिए भी उनके पास पैसे नहीं थे। देवताओं के कहने पर कुबेर ने उनके लिए धन का प्रबंध किया और बालाजी श्रीनिवास वेंकटेश्वर ने उन्हें वचन दिया था कि वह अपने भक्तों से प्राप्त दान से ही उनका ऋण उतारेंगे। कहा जाता है, बालाजी को विवाह संस्कार के लिए कुबेर ने उस युग में अर्थात् चोल शासन काल के समय 75 करोड़ रुपए की भारी-भरकम राशि दी थी! परंतु यह राशि दान-दक्षिणा में नहीं दी थी और न ही कोई उपकार किया गया था। इसे तो ऋण समझकर श्रीनिवास नें उनसे कहा था, "हे कुबेर, कलियुग का अंत होते ही मैं आपका पूरा मूलधन वापस कर दूँगा, लेकिन तब तक आपको ब्याज यानी सूद देते रहूँगा।"

बालाजी भक्तों से प्राप्त धन को अभी तक कुबेर को सूद के रूप में ही चुका रहे हैं। ब्रह्मा और शिव श्रीनिवास और कुबेर के बीच हुए इस लेने-देन के साक्षी बने। लेकिन सच पूछिए तो भगवान और भक्त के इस लेन-देन संबंध में समाज को समृद्ध बनाने का दर्शन छिपा है! सोलह संस्कारों में सबसे उत्तम होता है विवाह संस्कार और इसी उत्तम विवाह संस्कार को संपन्न कराने के लिए स्वर्ग के देवता भी तरसते रहते हैं। यही कारण है कि भगवान बालाजी भी इस पावन संस्कार में बँधे थे। तो चलिए अब बालाजी के विवाह की रोचक कथा से इसकी शुरुआत क्यों न की जाए! पौराणिक ग्रंथों में यह कथा बड़े ही

सुंदर ढंग से कही गई है। चोलराज आकाशराजा को कोई संतान नहीं थी। उन्होंने श्रीशुक मुनि की आज्ञा से संतान प्राप्ति के लिए यज्ञ किया। यज्ञ के अंत में यज्ञशाला में राजा द्वारा हल जोतने की परंपरा थी। हल जोतते समय हल की फाली किसी कठोर वस्तु से टकराई। राजा ने जमीन खोदकर जब उसे निकाला तो वह एक छोटी पेटी यानी बक्सा था। पेटी को खोलने पर सहस्रदलवाले कमल में एक शिशु कन्या बिलखती हुई मिली। चोल राजा अति प्रसन्न हुए। चूँकि शिशु कन्या कमल के फूल में मिली थी, इसलिए राजा ने उसका नाम पद्मावती रखा।

समय का पहिया हमेशा अपनी ही गति और अपनी ही धुन से चलता रहता है। वह किसी के रुके कभी नहीं रुकता। उस काल में भी समय व्यतीत होता ही रहा, उसे तो चलते रहना ही था वह भला किसकी प्रतीक्षा करता और यही कारण है कि समय के साथ-साथ पद्वावती कमल के फूल के समान खिलती हुई यौवन की दहलीज पर पहुँच गई। कन्या कब बड़ी हो जाती है, यह माता-पिता को पता ही नहीं चलता।

एक दिन पद्मावती उद्यान में फूल चुन रही थी। उस वन में श्रीनिवास (बालाजी) आखेट के लिए गए थे। उन्होंने देखा कि एक हाथी एक युवती के पीछे पड़ा है और वह डर कर भाग रही है। श्रीनिवास जी ने वाण चलाकर हाथी के वेग को रोका और उस युवती यानी पद्मावती की जान बचाई। श्रीनिवास और पद्मावती ने एक-दूसरे को देखा और ऋणानुबंध के कारण मन ही मन एक-दूसरे की सुंदरता पर रीझ गए। दोनों के मन में एक-दूसरे के लिए अनुराग यानी प्रेम उत्पन्न हो गया, लेकिन दोनों बिना कुछ कहे चुपचाप अपने-अपने घरों को लौट गए।

श्रीनिवास अपने घर तो लौट आए, लेकिन उनका मन पद्मावती में ही बस गया। वह रात-दिन उस युवती के बारे में ही सोचते रहते थे। अपनी बेचैनी को कम करने के लिए उन्होंने उस युवती का पता लगाने की युक्ति सोची और एक ज्योतिष का रूप धारण किया और लोगों का भविष्य बताने

वाले के रूप में उस युवती को ढूँढने निकल पड़े। धीरे-धीरे एक अच्छे भविष्यवक्ता के रूप में श्रीनिवास की ख्याति चोल राज्य में फैल लगी।

दूसरी तरफ पद्मावती को भी चैन नहीं था। प्रेम की पीड़ा वास्तव में बड़ी ही व्याकुल करने वाली होती है। पद्मावती भी प्रेम से व्याकुल हो चुकी थी। होना भी था, क्योंकि उनका संबंध तो पूर्व जन्मों का था। पूर्व जन्मों के कारण ही उनमें आकर्षण बढ़ा और ऋणसंबंध के कारण दोनों का निकट आना पूर्वनिश्चित था। यही कारण था कि पद्मावती की आँखों के सामने भी उसी युवक का चेहरा घूमता रहता था। उसने खाना-पीना कम कर दिया था। वह सो नहीं पाती थी। धीरे-धीरे प्रेम विरह के कारण उसका शरीर कृशकाय होता चला गया। अपनी पुत्री की यह दशा राजा से देखी नहीं जा रही थी। ज्योतिष श्रीनिवास की प्रसिद्धि उनके कानों तक भी पहुँची। उन्होंने श्रीनिवास को अपने दरबार में बुलवा लिया।

राजा ने कहा, "मान्यवर मेरी पुत्री न कुछ खाती है न पीती है।"

"क्यों?" श्रीनिवास ने पूछ ही लिया था, "क्या आपको इसका कारण भी पता है?"

"वह किसी शोक के कारण व्यथित है।"

"ऐसा कौन सा शोक है?"

"वह तो नहीं पता, लेकिन मुझसे उसका दुःख देखा नहीं जाता, परंतु क्या करूँ वह किसी को कुछ बताती भी नहीं है।"

"हे राजन आप अपनी पुत्री को बुलाइए," श्रीनिवास ने कहा, "जरा देखूँ तो अंततः उनके शोक का कारण क्या है?" मन-ही-मन श्रीनिवास को आभास हो गया कि कहीं यह उसका लक्ष्य ही तो नहीं है।

राजा ने पद्मावती को बुलवाया। श्रीनिवास की दृष्टि ज्यों ही पद्मावती पर पड़ी, वह मन-ही-मन अत्यंत प्रसन्न हुआ और मन में विचारा कि चलो मेरी इस युवती की खोज के लिए किया गया परिश्रम सफल हुआ। उसने पद्मावती का हाथ अपने हाथ में लिया, उसे कुछ देर पढ़ने का उपक्रम करता

रहा और बोला, "हे राजन आपकी पुत्री प्रेम विरह में जल रही है।"

पद्मावती ने उसकी आवाज सुनी तो उसने दृष्टि ऊपर उठाई। श्रीनिवास को देखते ही उसने उसे पहचान लिया और प्रसन्न हो गई। अरसे बाद अपनी पुत्री की प्रसन्नता देख राजा को लगा कि ज्योतिष ने सही रोग पकड़ लिया है।

"हे ज्योतिष महाराज! क्या आप बता सकते हैं," राजा ने कहा, "अततः मेरी पुत्री को किससे प्रेम है?"

"आपकी पुत्री एक दिन वन में फूल चुनने गई थी।" श्रीनिवास ने बताया, "तभी वहाँ एक हाथी पहुँचा और उन पर हमला कर दिया। आपके सैनिक और इनकी दासियाँ भाग खड़ी हुई। राजकुमारी घबरा गई थी, लेकिन तभी एक युवक धनुष वाण के साथ आया और उसने आपकी पुत्री को हाथी से बचा लिया।"

"हाँ ऐसी घटना मेरे सैनिकों ने बताई थी," राजा ने कहा, "लेकिन मेरी पुत्री के प्रेम से उस घटना का क्या तात्पर्य है!"

"हे राजन, उस घटना से ही इसका तात्पर्य है। आपकी पुत्री को अपनी जान बचाने वाले उसी युवक से प्रेम हुआ है।"

पद्मावती शरमा कर अंदर चली गई।

राजा ने कहा, "क्या आप उस युवक के बारे में कुछ बता सकते हैं?"

"हाँ, क्यों नहीं। वह कोई साधारण युवक नहीं, बल्कि शंख-चक्रधारी स्वयं भगवान विष्णु हैं, जो इस समय बैकुंठ को छोड़कर मानव रूप में श्रीनिवास जी के नाम से पृथ्वी पर वास कर रहे हैं। आप निश्चिंत होकर अपनी पुत्री का विवाह उनसे करें। मैं इसकी व्यवस्था कर दूँगा।"

"अच्छी बात है, हम उस युवक से अपनी पुत्री का विवाह संस्कार अवश्य कर देंगे।" राजा ने कहा, "आपका बहुत-बहुत धन्यवाद।"

श्रीनिवास इसके बाद वहाँ से अपने घर आ गया और तपस्वी का वेश धारण कर लिया। राजा ने भी अगले ही दिन श्रीनिवास के घर जाकर उसकी माताश्री वकुला से भेंट की और अपनी पुत्री को विधिवत् उनकी बहू बनाने का

आग्रह किया, जिसे वकुला माता ने स्वीकार कर लिया। और इस तरह श्रीनिवास और पद्मावती का विवाह संस्कार तय हो गया। श्रीनिवास ने अपने विवाह संस्कार की बात सभी देवी-देवताओं को बताने के लिए शुक मुनि (परम ज्ञानी तोता) को स्वर्ग लोक में भेज दिया। स्वर्ग लोक में श्रीनिवास जी की शादी का पता चलते ही देवी-देवता अत्यंत प्रसन्न हो उठे। देवी-देवता श्रीनिवास जी से मिलने पृथ्वी पर पहुँचे और उन्हें बधाई दी। लेकिन श्रीनिवास जी प्रसन्नता की जगह चिंता में मग्न बैठे थे। देवताओं ने पूछा, "हे भगवन् इस प्रसन्नता के अवसर पर आप इतने चिंतातुर क्यों हैं?"

"क्या बताऊँ?" श्रीनिवास जी ने कहा, "बंधुओं चिंता की तो बात ही है। पद्मावती कहाँ राजा की पुत्री है और मैं कहाँ एक साधारण मानव के रूप में जीवन व्यतीत कर रहा हूँ। राजकुमारी से विवाह करने और घर बसाने के लिए धन, वैभव और ऐश्वर्य की आवश्यकता है, वह मैं कहाँ से लाऊँ?"

"बस इतनी-सी बात?" सभी देवता एक स्वर में बोल उठे थे, "हम कुबेर से कह कर आपके लिए धन की व्यवस्था कर देंगे। इससे आपका विवाह संस्कार भी हो जाएगा और ऐश्वर्य व वैभव भी आपके दास रहेंगे।"

ब्रह्मा और शिव सहित सभी देवताओं ने कुबेर की स्तुति की, जिसके बाद कुबेर प्रकट हुए। देवों ने कुबेर को सारी स्थिति से अवगत कराया तो कुबेर ने ऋण देना स्वीकार कर लिया।

कुबेर ने कहा, "यह तो मेरा परम सौभाग्य होगा कि मैं भगवान विष्णु के काम आ सका। भगवन् आप जितना स्वर्ण और धन चाहें, ले लें। कुबेर का कोष आप ही का है!"

"नहीं, कुबेर जी। मैं आवश्यकता के अनुसार ही स्वर्ण और धन लूँगा। आवश्यकता से अधिक धन लेना बुद्धिमानी नहीं है और मेरी एक शर्त भी होगी!"

"शर्त?" चौंके थे कुबेर, "कैसी शर्त भगवन्!"

"भगवान ब्रह्मा और शिव साक्षी हैं। आप मुझ पर कोई उपकार नहीं

करेंगे, बल्कि मुझे ऋण के रूप में धन देंगे, जिसका पाई-पाई मैं ब्याज सहित चुकाऊँगा।''

''भगवन् आप कैसी बात कर रहे हैं!''

''मैं सही बात कर रहा हूँ,'' श्रीनिवास ने कहा, ''मैंने मनुष्य के रूप में अवतार लिया है। इसलिए मानव की कठिनाई को मैं महसूस करना चाहता हूँ। मानव रूप में मैं उन सभी कठिनाइयों का सामना करूँगा, जो कठिनाई मानव के जीवन में आती हैं। उन कठिनाइयों में धन की कमी और ऋण का भार सबसे बड़ा है।''

''बुरा न मानें प्रभु,'' अब कुबेर भी अपनी महाजनी पर उतर आए थे, ''लेकिन जब आप ऋण पर धन लेने की बात कर रहे हैं, तो फिर आपको यह भी बताना होगा कि आप यह धन चुकाएँगे कैसे? ऋणदाता को यह विश्वास कौन दिलाएगा कि आप ऋण चुका ही देंगे और नहीं चुका पाए तो फिर कौन इसका उत्तरदायित्व अपने पर लेगा। कौन आपका साक्षी बनेगा?''

''भक्त और भगवान के बीच विश्वास से अधिक पारस्परिकता का संबंध होता है कुबेर जी,'' श्रीनिवास ने कहा, ''यह ऋण मैं नहीं, मेरे भक्त चुकाएँगे।''

''प्रभु मेरा उपकार तो नकार दिया, लेकिन भक्तों का उपकार क्यों नहीं नकारा?''

''वह भी मुझ पर कोई उपकार नहीं करेंगे, बल्कि मैं उन्हें धनवान बनाऊँगा।''

''कैसे?'' कुबेर जी ने आश्चर्य से पूछा।

''तो सुनें कुबेरजी,'' श्रीनिवास ने कहा, ''कलियुग के अंत तक पृथ्वी पर मेरी पहचान एक ऐसे देवता के रूप में होगी, जो धन, ऐश्वर्य और वैभव से परिपूर्ण है। मेरे भक्त मुझसे धन, वैभव और ऐश्वर्य की माँग करने आएँगे और मैं उन्हें यह अवश्य दूँगा। बदले में मेरे भक्त जो चढ़ावा चढ़ाएँगे वह मैं आपको ऋण के रूप में चुकाता रहूँगा।''

''परंतु भगवन आप मानव जाति पर विश्वास कर रहे हैं।'' कुबेर के मन

में मानव की निष्ठा को लेकर शंका उत्पन्न हो उठी थी, ''यदि आपके भक्त आपके आशीर्वाद से धनवान होने के बाद चढ़ावा चढ़ाने आए ही न तो आप मेरा ऋण फिर कैसे चुका पाएँगे।''

''श्रीमान् कुबेर जी ऐसा नहीं होगा।'' श्रीनिवास ने कहा, ''मेरे भक्तों की मुझमें अटूट श्रद्धा होगी। वह मेरे आशीर्वाद से प्राप्त धन में मेरा हिस्सा रखेंगे। शरीर त्यागने के बाद तिरुपति के तिरुपला पर्वत पर बाला जी के नाम से लोग मेरी पूजा करेंगे। मेरी मूर्ति उन्हें इसका अहसास कराती रहेगी कि मैं एक हाथ से धन देता हूँ, तो दूसरे हाथ से उनसे धन देने को कहता भी हूँ। यह एक भक्त और भगवान की एक-दूसरे पर विश्वास से अधिक साझेदारी का संबंध है। इस संबंध में न कोई दाता है और न कोई याचक, दोनों एक-दूसरे के पूरक हैं और सही मायने में एक भगवान और भक्त का संबंध भी ऐसा ही होना चाहिए।''

''आपकी बातें सुनने में तो अच्छी लगती हैं,'' कुबेर ने कहा था, ''परंतु प्रभु फिर भी मन को संतुष्टि नहीं मिल रही है।''

''ईश्वर के रहते यदि निर्धनता है, तो लोगों को ईश्वर का अहसास कभी नहीं होगा।'' श्रीनिवास ने कहा, ''भक्त की भक्ति और आराधना से प्रेरित उस पर भगवान अपनी कृपा और प्रेम की वर्षा करते हैं। कम से कम कलियुग में मैं भगवान बालाजी के रूप में एक ऐसा आराध्य रहूँगा, जो कृपा और प्रेम के साथ वैभव का दाता भी होगा। मैं धन को त्यागने की नहीं, बल्कि धन से ऐश्वर्य पाने के लिए प्रेरित करूँगा, ताकि पूरे समाज में वैभव आए, दरिद्रता मिटे और निर्धनता दूर हो।''

''अति उत्तम,'' कुबेर ने फिर जोर देकर कहा, ''प्रभु अति उत्तम!''

बाद में बड़ी धूमधाम से श्रीनिवास और पद्मावती की शादी हुई, जिसमें ब्रह्मा और शिव के अलावा सभी देवगण और मुनिगण शामिल हुए।

# सती अनसूया

महर्षि कर्दम की पत्नी का नाम देवहूति था। उन दोनों के एक ही कन्या थी जिसका नाम अनसूया था। वह धर्म में बहुत विश्वास रखती थी। सत्य, धर्म, विनम्रता, क्षमा यह सब उनके व्यवहार में थे। वह बहुत ही शीलवान कन्या थी। महर्षि कर्दम ने उसका पालन-पोषण सही ढंग से किया था। उनका विवाह ब्रह्मा जी के मानस पुत्र परम तपस्वी महर्षि अग्नि के साथ किया गया। पति तथा पत्नी दोनों एक-दूसरे को पाकर धन्य हो गए। वह पतिव्रत धर्म का पालन करते हुए अपने पति की सेवा में लीन रहती थीं। अपने सहृदय और प्रेम पूर्ण व्यवहार के कारण वह अपने पति को बहुत प्रिय थीं। उन्होंने पूरी तरह अपने पति के हृदय में स्थान पा लिया था। वह सतीत्व के साथ-ही-साथ योग तथा ध्यान में भी निपुण थीं। तप करके उन्होंने अपने व्यक्तित्व को निखार दिया था। वह योग साधना, तपस्या और पति की सेवा को नारी के लिए परम कल्याण का साधन मानती थीं।

नारद जी तो हमेशा ही कर्मशील रहे हैं। उन्होंने देखा कि लक्ष्मी जी, ब्रह्माणी जी तथा पार्वती जी को अपने पतिव्रता होने का बड़ा घमंड था। तो नारद जी ने सती अनसूया की तुलना में उन तीनों के पतिव्रता होने की परीक्षा लेने की सोची तथा तीनों देवियों के घमंड को भी चूर करना चाहा। नारद जी लक्ष्मी जी के पास गए। लक्ष्मी जी ने नारद जी का उचित आदर-सत्कार किया, उन्हें खाने को लड्डू दिए। नारद जी ने उन लड्डुओं को खाकर उनकी तारीफ की तथा यह भी कहा कि इससे भी ज्यादा स्वादिष्ट लड्डू वह सती अनसूया के हाथों खा आए हैं। लक्ष्मी जी का कौतूहल जाग उठा, उन्होंने नारद जी से पूछा कि अनसूया कौन है? कैसी है? तो नारद जी बोले कि उस सती देवी के दर्शन करके उनका जीवन धन्य हो गया। चित्रकूट के महर्षि अत्रि की पत्नी अनसूया

से मैं उनके आश्रम में मिला। पतिव्रता होने का तेज उनमें देखते ही बनता है। संसार में उनके समान पतिव्रता कोई नहीं है, संसार की सभी सती-साध्वी पतिव्रताओं में वह श्रेष्ठ हैं। यह सुनकर लक्ष्मी जी को बुरा लगा। उन्होंने सोचा मेरे ही सामने यह किसी और को मुझसे अधिक पतिव्रता कह रहे हैं, यह तो मेरा घोर अपमान है। उन्होंने इस अपमान का बदला लेने तथा अनसूया को अपने से नीचा दिखाने का निश्चय किया। नारद जी से लक्ष्मी जी की ईर्ष्या छिपी न रह सकी। वह मन-ही-मन मुस्कराते हुए उठ खड़े हुए। उन्होंने अपना काम कर दिया था। जब विष्णु जी आए तो लक्ष्मी जी उन्हें कुछ नाराज दिखाई दीं। विष्णु जी के पूछने पर उन्होंने नारद जी वाली बात उन्हें बताई और कहा कि भला मुझसे अधिक पतिव्रता स्त्री इस संसार में और कौन है? यदि वह अपने को अधिक पतिव्रता समझती हैं, तो विष्णु जी को उसका पतिव्रत धर्म भंग करना होगा। विष्णु जी यह जानते थे कि वह पत्नी के इस हठ को पूर्ण नहीं कर सकेंगे, क्योंकि वह अनसूया के सतीत्व से परिचित थे। पर प्रकट में वह कुछ न बोले और लक्ष्मी जी को विश्वास दिलाया कि वह उनके कहे अनुसार ही काम करने का प्रयास करेंगे।

नारद जी लक्ष्मी जी के पास ईर्ष्या की चिनगारी लगकर कैलाश पर्वत पहुँचे और वही बात उन्होंने वहाँ भी कही। पार्वती जी के लड्डू खाकर उन्होंने उसकी तारीफ तो की ही, साथ ही अनसूया के लड्डू की उससे भी ज्यादा कर दी। पार्वती जी के मन में भी कौतूहल जागा, तो उन्होंने बताया कि महर्षि अत्रि के आश्रम में उनकी पत्नी देवी अनसूया अपने पति की प्यारी पत्नी हैं तथा पतिव्रत धर्म में उनके बराबर कोई नहीं है। वह आपसे भी ऊँची सती पतिव्रता हैं अनसूया। पार्वती जी ने भी शिव जी से आग्रह किया कि अनसूया के पतिव्रत धर्म को भंग करके उसके घमंड को दूर करें। तभी उनके मन को शांति मिलेगी। शंकर जी भी पत्नी की बात मानकर महर्षि अत्रि के आश्रम की ओर चल दिए। लक्ष्मी जी तथा पार्वती जी के मन में ईर्ष्या की ज्वाला जगा कर नारद जी ब्रह्मलोक माता ब्रह्माणी के पास पहुँचे। ब्रह्माणी नारद को आया देख

बहुत खश हुईं। बातों-बातों में उन्होंने जब नारद जी से मृत्युलोक के बारे में जानना चाहा, तो नारद जी ने कहा कि क्या बताएँ माता वहाँ पर अत्रि मुनि की पत्नी अनसूया बहुत ही पतिव्रता स्त्री हैं। उसके पतिव्रत्य का ऐसा प्रभाव है कि सभी ऋषि मुनि उसकी स्तुति करते हैं। वह सती स्त्री सभी की पूजनीय बन गई हैं। यों साधना के साथ-ही-साथ वह अपने पतिव्रत धर्म का पालन सच्चे मन से करती हैं। ब्रह्माणी ने नारद जी से कहा कि बेटा क्या मुझसे भी अधिक पतिव्रता हैं? तो उन्होंने कहा कि मैं तो आपको श्रेष्ठ मानता हूँ परंतु ऋषि मुनि

कहते हैं कि उनसे अधिक श्रेष्ठ पतिव्रता और कोई नहीं है। उन्होंने भी ब्रह्मा जी से आग्रह किया कि वह अनसूया के पतिव्रत धर्म को भंग करें, ताकि उसकी स्तुति ब्रह्माणी से अधिक न हो। आग्रह करने पर ब्रह्मा जी भी अत्रि ऋषि के आश्रम की ओर चल दिए। तीनों देव ब्रह्मा, विष्णु, महेश, अनसूया के पास गए। तीनों ने नंग मुनियों का रूप बनाया हुआ था। तीनों मुनियों को अपने आश्रम में आया देख अनसूया ने उनका उचित आदर-सत्कार किया। खाने के लिए फल तथा कन्द, मूल आदि परोसे, परंतु मुनियों ने उनके इस आतिथ्य को स्वीकार नहीं किया। पूछने पर उन्होंने कहा कि हे देवी, आप अपनी ओढ़नी हटाकर हमारा आतिथ्य कीजिए, तब हम ग्रहण करेंगे, अन्यथा नहीं। अनसूया को घोर आश्चर्य हो रहा था कि संसार में इतना निर्लज्ज कौन हो सकता है कि जो उसके सतीत्व को जानते हुए भी इतना घृणित प्रस्ताव रख रहा है। वह कुछ समझ नहीं पा रही थी। एक तरफ तो अतिथि की इच्छा पूरी करना उसका धर्म था, तो दूसरी ओर ऐसा घृणित प्रस्ताव, वह क्या करें? उन्होंने अपने ज्ञान के चक्षुओं को खोला तब उन्हें सारी बात समझ में आई। उन्होंने उन मुनियों से कहा कि मैं आपकी इच्छा जरूर पूरी करूँगी। ऐसा कहकर उन्होंने पानी लेकर संकल्प किया कि यदि मैं सच्ची पतिव्रता हूँ, मैंने भूल से भी सपने में भी गलत भावना से किसी अन्य पुरुष का ध्यान नहीं किया हो, तो आप तीनों छह-छह महीने के बालक बन जाएँ और वह पानी उन पर छिड़क दिया। तीनों ही छह-छह महीने के बच्चे बन गए और रोने लगे। अनसूया ने अपने वचन के अनुसार उनका आतिथ्य किया। महर्षि अत्रि जब आश्रम आए तो वह उन दुधमुँहे बालकों को देखकर हैरान रह गए। परंतु थोड़ी ही देर में रहस्य समझ गए। तीनों देवता बच्चे बनकर अनसूया के पास रहने लगे। अनसूया उनका लालन-पालन करने लगीं। उन्हें स्तनपान भी कराने लगीं। तीनों देवियां चिंतित हो गईं कि उनके पति अभी तक क्यों नहीं आए, क्या बात हो गई? उन्होंने नारद जी को बुला कर जिज्ञासा प्रगट की, तो नारद जी ने बताया कि वह तीनों तो छह-छह महीने के बच्चे बनकर अत्रि मुनि के

घर आनंद में पल रहे हैं। अब आप उनका ध्यान छोड़िए। यदि सती अनसूया के घर आप जाएँगी तो उनके सतीत्व के तेज को सह नहीं पाएँगी। अब जब वह बड़े होंगे तभी तीनों देवता आप लोगों को मिलेंगे। तीनों देवियाँ अब अपने किए पर पछता रही थीं कि क्यों उन लोगों ने अनसूया से ईर्ष्या रखी। अब वह किस मुँह से उस सती से अपने स्वामी को वापस माँगें। वह तीनों अनसूया के पास गईं और स्वामी को वापस पाने की विनती करने लगीं। अनसूया सब जानते हुए भी ने उनसे पूछा, "तुम लोग कौन हो?"

उन तीनों ने बताया कि हम आपकी पुत्रवधू हैं। हम लोगों के स्वामी आपके पास आपके पुत्र बनकर रह रहे हैं। यह कहकर तीनों देवियों ने सती अनसूया के पैर पकड़ लिए और अपने पतियों को वापस पाने के लिए प्रार्थना करने लगीं। अनसूया ने कहा कि अपने-अपने पतियों को ले जाइए। वे पालने में पड़े हुए हैं।

तीनों देवियां अपने किए हुए पर लज्जित हुईं और विनती करने लगीं। सती ने जब हम तीनों को दुःखी देखा तो उन्होंने हाथ में जल लेकर संकल्प किया और उन तीनों बालकों पर छिड़क दिया। वह तीनों देव अपने असली रूप में आ गए। तब अनसूया ने उनकी विधिपूर्वक पूजा-अर्चना की और देवताओं ने उनसे खुश होकर वरदान माँगने के लिए कहा। अनसूया ने उनसे यह वरदान माँगा कि मैं चाहती हूँ कि आप तीनों मेरे पुत्र हो जाएँ। यह सुनकर उन देवों ने 'तथास्तु' कहा।

उन देवताओं ने लक्ष्मी जी, पार्वती जी तथा ब्रह्माणी जी से पूछा कि अब बताओ कि सर्वश्रेष्ठ पतिव्रता स्त्री कौन है? तीनों ने ही स्वीकारा कि परम पूज्या भगवती सती अनसूया ही सबसे सर्वश्रेष्ठ हैं। वह स्त्री पतिव्रता स्त्री कहलाती हैं, जो पति को परमेश्वर मानकर पति की इच्छा में ही अपनी खुशी समझती हैं। जो स्त्री एकनिष्ठ होकर पतिव्रत धर्म का पालन करती हैं। कोई भी चुनौती उसके पतिव्रत धर्म को संसार में नहीं दे सकता।

आज सती अनसूया की स्तुति सारा संसार करता है।

# प्रश्नोत्तरी

1. महर्षि वाल्मिकी का बचपन का क्या नाम था?
   (अ) कौशलदेव (ब) भृगु
   (स) रत्नाकर (द) नारद

2. भक्त प्रह्लाद के पिता का क्या नाम है?
   (अ) हिरण्यकशिपु (ब) विष्णु
   (स) हिरण्याक्ष (द) श्रीराम

3. होली किसको जलाना चाहती थी?
   (अ) अपने भाई को (ब) राक्षस को
   (स) अपने पिता को (द) किसी को नहीं

4. सुदामा के मित्र कौन थे?
   (अ) अर्जुन (ब) श्रीकृष्ण
   (स) कर्ण (द) राम

5. तिरुपति बालाजी किसके अवतार थे?
   (अ) विष्णु के (ब) श्रीनिवास के
   (स) राम के (द) शंकर के

6. हनुमान के बल का ज्ञान किसे था?
   (अ) देवताओं को (ब) पृथु को
   (स) रावण को (द) अथर्वा को

उत्तर : 1. (स), 2.(अ), 3. (अ), 4. (ब), 5. (अ), 6. (अ)